最紮實的俄語教材

走遍俄羅斯❷

ДОРОГА В РОССИЮ
учебник русского языка

張海燕　編著

繁體中文版審訂　吳佳靜

自學輔導手冊

前　言

　　《走遍俄羅斯2　自學輔導手冊》是《走遍俄羅斯2》的配套用書，供選用《走遍俄羅斯2》的學習者參考使用。

　　《走遍俄羅斯2　自學輔導手冊》由課文譯文及單詞、語法、練習題參考答案、總詞彙表等構成。詳細介紹如下：

1) 課文譯文及單詞：《走遍俄羅斯2》為引進的原版教材，每課均有大量內容豐富、形式多樣的課文。為便於學習者理解所學內容，對每課的課文都配了相應的參考譯文。譯文大多以直譯為主，僅供參考。單詞部分主要對每篇課文的生詞、詞組進行解釋。

2) 語法：該部分主要介紹每課出現的語法現象，包括形容詞和名詞及代詞的變格及其基本意義、直接引語和間接引語、運動動詞的用法、定語從句和條件從句及讓步從句等。

3) 練習題參考答案：該部分是每課練習題的答案，供學習者參考。

4) 總詞彙表：該部分有全書各課的單詞所輯而成，便於學習者查找。

　　編者在本書編寫過程中始終得到中國外語教學研究出版社領導及俄語工作室編輯們的大力支持與幫助，在此為他們所付出的辛勤勞動表示感謝。

　　由於編者水準有限，疏漏和錯誤在所難免，願廣大讀者們批評指正。

（原書簡體中文版）編者

2014年8月

目　次

■ 課文譯文及單詞

頁4：1a

伏爾加河畔的城市

　　普廖斯城是我的故鄉。這座城市位於俄羅斯中部伏爾加河流域。在世界地圖上根本找不到這座城市。普廖斯城是一座古老的俄羅斯小城。它已經有500年的歷史了。在普廖斯城有畫家列維坦的故居博物館。這位著名的畫家非常喜歡大自然，因此他生活和工作在這座綠色的寧靜小城裡。在美麗的、風景如畫的小城四周，他看見了小山坡、森林、伏爾加河。列維坦在這裡畫了很多畫，如〈傍晚金色的普廖斯城〉、〈雨後的普廖斯城〉等。

　　俄羅斯作家安東‧巴甫洛維奇‧契訶夫和列維坦是朋友。他非常瞭解和喜歡這位畫家。他們相互通信，經常見面。契訶夫經常待在這位著名畫家位於普廖斯城的家中。

　　無論過去還是現在，旅遊者和年輕的畫家們都經常來普廖斯城。他們非常喜歡這些風景如畫的美麗地方，對這座城市和它的歷史也很感興趣。畫家們喜歡在這裡工作、作畫。在伏爾加河岸邊經常能夠遇見他們。他們非常喜歡這座美麗的城市。如果想更瞭解這座城市，你們可以乘車到這裡來親眼目睹它的風采。

單詞

находи́ться	未	在，位置在，位於，處於
ка́рта	陰	①地圖，（天體或星）圖 ②[複]紙牌
ма́ленький	形	小的
стари́нный	形	①古代的，古老的 ②老早就有的，老的
худо́жник	陽	①藝術家，藝術工作者 ②畫家，美術家
ти́хий	形	輕聲的，低聲的；寧靜的
зелёный	形	綠（色）的
вокру́г	副	周圍，四周
живопи́сный	形	美麗如畫的，景色如畫的
писа́тель	陽	作家；文人
дружи́ть	未	(с кем或無補語) 相好，要好

тури́ст	陽	旅行者，遊覽者，旅遊者
нра́виться	未	(кому́) 喜歡，愛好
понра́виться	完	
интересова́ться	未	(кем-чем) 感興趣，對……有興趣；關心
узнава́ть	未	① (кого́-что) 認出
узна́ть	完	② (кого́-что, о ком-чём) 得知，知道
		③ (кого́) 認識
пое́хать	完	（乘車、馬、船等）去，前往；駛往
туда́	副	往那裡，往那邊

⦿ 人名

Анто́н Па́влович Че́хов 安東・巴甫洛維奇・契訶夫

Левита́н 列維坦

⦿ 地名

Плёс 普廖斯城

Во́лга 伏爾加河

頁7：4a

純淨池塘街

　　純淨池塘街是位於莫斯科中心的一條古老街道。這條街道不長，但是很著名。莫斯科這條小街的歷史非常有趣。那裡有一些古老的池塘。在三個世紀以前，這裡的池塘非常髒，1703年亞歷山大・梅尼希科夫（俄羅斯沙皇彼得一世的祕書）買下了這塊地，並命令人徹底清理池塘。之後人們把這條小街道命名為純淨池塘。

　　莫斯科人非常熟悉並喜歡這條美麗的街道。夏天，戀人們在綠蔭環抱的街上散步。冬天，人們把池塘當作溜冰場，許多年輕人在這裡溜冰。

　　俄羅斯著名的現代人劇院位於這條街上。俄羅斯作家尤里・納吉賓曾生活在這條街上。他寫了關於這條街的書，書名叫《純淨的池塘》。

單詞

чи́стый	形	①乾淨的，清潔的
		②純的，清新的
пруд	陽	池塘
гря́зный	形	①泥濘的
		②髒的，不乾淨的
ты́сяча	陰	① (用作數詞) 千；一千個
		② (常用複數) 大量，無數
семьсо́т	數	七百；七百個

секрета́рь	陽	①祕書 ②（會議）記錄員
царь	陽	皇帝，沙皇
прика́зывать	未	（кому́，接動詞原形）命令；指示，吩咐
приказа́ть	完	
очища́ть	未	（что）使變潔淨，使乾淨；使純化
очи́стить	完	
дать	完	給予
дава́ть	未	
назва́ние	中	①名稱 ②（常用複數）（書籍、刊物的）一種
влюблённые	複	戀人們
като́к	陽	滑冰場
молодёжь	陰 集	青年（們）；年輕人
ката́ться	未	（乘車、船等）遊玩；騎，滑，溜
коньки́	複	①（單數形式為конёк 陽）冰刀；冰鞋 ②滑冰（運動）
называ́ться	未	①（кем-чем）自稱是，自命為 ②（被）稱為，説成是
назва́ться	完	

⊙ 人名

Алекса́ндр Ме́ньшиков　亞歷山大・梅尼希科夫

Пётр Пе́рвый　彼得一世

Юрий Наги́бин　尤里・納吉賓

頁19：16a

神童們

　　奧莉婭生活在莫斯科郊外的一座小城。奧莉婭寫了許多歌曲。她不只創作音樂，還寫詩歌。4歲的時候她寫了103首歌，並開始著手創作歌劇。

　　穆拉特僅4歲時，就開始在馬戲團演出了。6歲時，他已經參加了義大利維洛那舉辦的「兒童馬戲」國際比賽。當時他是世界上年紀最小的小丑演員。

　　娜斯佳生活在烏克蘭的頓涅茨克。她很早就開始攝影。2歲時，她的攝影作品就參加了德國的國際攝影展。而3歲時娜斯佳已經舉辦了個人攝影展，在這次攝影展上她展出了自己的全部作品。

　　瑪麗婭姆在3歲的時候開始畫畫，小女孩能夠邊聽故事邊畫畫。瑪麗婭姆的繪畫作品不僅在莫斯科的國際畫展上展出，而且還在紐約展出。各大報紙都爭相報導了這位天才少女畫家的事蹟。

　　莉麗特生活在葉里溫。她4歲。她不僅能用母語唱歌，而且還用英語、法語、義大利語……她唱各類歌曲，甚至唱舒伯特的《聖母頌》。當有人問她：「妳上學了嗎？」莉麗特認真地回答：「沒有，我目前在葉里溫音樂學院工作。」

來自新西伯利亞的瓦季姆在4歲時開始學音樂，5歲時他已經在音樂學院就讀了。他每天拉小提琴7至8個小時。

　　而我的鄰居瓦夏是一位令人驚奇的男孩。他5歲了。他不創作交響樂，不寫歌劇，不彈小提琴，不唱舒伯特的歌曲，不寫詩歌和小説，也沒加入馬戲團，沒學習外語和數學，不下棋。他踢足球，和狗玩耍，看動畫片，玩電腦遊戲……

單詞

вундеркинд	陽	有特殊才能的兒童，神童
подмосковный	形	莫斯科附近的，莫斯科近郊的
сочинять	未	(кого-что) 寫作，著作，想出，杜撰出
сочинить	完	
опера	陰	①歌劇
		②歌劇院；歌劇團
выступать	未	演出；發言
выступить	完	
цирк	陽	①雜技，馬戲
		②雜技團，馬戲團
международный	形	國際的
конкурс	陽	比賽，競賽，選拔賽；比賽會
итальянский	形	義大利（人）的
клоун	陽	（馬戲團的）丑角，小丑
украинский	形	烏克蘭的
фотографировать	未	(кого-что) 給……攝影，給……拍照
сфотографировать	完	
фотовыставка	陰	攝影展覽（會）
персональный	形	個人的；供個人用的
выставка	陰	展銷，展銷會
юный	形	①少年的
		②青春的，青年人的
талантливый	形	天才的，有才能的
английский	形	英國（人）的
французский	形	法國（人）的
консерватория	陰	音樂學院
сосед	陽	①鄰居
		②鄰近的人
		③鄰國
удивительный	形	令人詫異的，異常的
симфония	陰	交響樂
иностранный	形	①外國的
		②對外的

| мультфи́льм | 陽 | 動畫片，卡通片 |
| компью́терный | 形 | 電腦的 |

⊙ 人名

Оля 奧莉婭
Мура́т 穆拉特
На́стя 娜斯佳
Мария́м 瑪麗婭姆
Ли́лит 莉麗特
Шу́берт 舒伯特
Вади́м 瓦季姆
Ва́ся 瓦夏

⊙ 國名和地名

Ита́лия 義大利
Веро́на 維洛那
Доне́цк 頓涅茨克
Герма́ния 德國
Ерева́н 葉里溫
Новосиби́рск 新西伯利亞

頁26：23a

我的網頁

我叫弗拉基米爾。

1981年我出生在俄羅斯最美麗的城市莫斯科。1987年我開始在莫斯科中學就讀。1998年中學畢業後，我入伍。2001年服完兵役後，我考上了國立莫斯科大學地理系。2003年，大三的時候，我去西西伯利亞進行了考察。我現在就讀五年級。2005年我將大學畢業，但是我還沒有決定要做什麼。我可能將繼續在學校裡讀研究所，也許開始工作。關於這些我之候再告訴您。

單詞

страни́чка	陰	（書、文件的）面，頁
звать	未	(кого́)
позва́ть	完	①招呼，呼喚，叫來 ②邀請
ока́нчивать	未	(что)
око́нчить	完	①結束，(чем或на чём) 以……結束 ②畢業
а́рмия	陰	軍隊
географи́ческий	形	地理（學）的

факульте́т	**陽**	①（大學的）系 ②預科班，進修班
курс	**陽**	①年級 ②**複** 專修課，培訓
экспеди́ция	**陰**	勘察，考察；探險
мо́жет быть	**插**	可能；也許；或許
продолжа́ть продо́лжить	**未** **完**	(что，接未完成體動詞不定式) 繼續，接續
аспиранту́ра	**陰**	①研究生班 ②**集** 研究生
по́зже	**副**	以後，稍後

◉ 人名

Влади́мир 弗拉基米爾

◉ 地名

За́падная Сиби́рь 西西伯利亞

頁31：29a

等我

　　每逢星期一19點，電視都會播放《等我》這個節目。人們可以透過這個家喻戶曉的電視節目尋找彼此。

　　一個年輕人參加了最近一期的節目。他說，他叫弗拉基米爾，就讀於莫斯科軍事學院三年級。夏天的時候，他到黑海的索契度假。他從索契返回莫斯科的途中，在火車上結識了一位女孩。他們坐在同一個車廂裡，聊了一整路。他們談論生活、愛情、音樂、學業和未來……

　　他非常喜歡這個女孩，喜歡她的思想和談吐，對她一見鍾情。他們聊了很長時間都沒有發現，火車已經駛到她的家鄉沃羅涅日。時間所剩無幾，火車只停5分鐘。女孩拿起自己的行李很快下車了。他們甚至沒來得及互相說聲「再見」……

　　當弗拉基米爾回到家的時候，他意識到，他喜歡上了這位女孩。他想找到她，可是怎麼找呢？他甚至不知道她的地址！於是，他打了電話給《等我》節目，因為這個節目幫助人們找到彼此。他說，他在尋找一位女孩。這是一位不同尋常的女孩。她有一個非常美麗的名字——烏莉婭娜。他講述了自己知道關於她的一切：他說，她是一名大學生，就讀於師範學院二年級，她住在沃羅涅日。但是，在這麼大的城市裡他沒辦法找到她，因為不知道她的地址、不知道她住在哪條街道和哪棟房子。

　　節目播出後，弗拉基米爾堅信，女孩會打電話到電視臺找他。他一直想著這個令人驚奇的女孩並等著她的電話。他等了一天、一週、一個月，但是沒有任何人打電話給他。

　　這時電視臺記者來到了沃羅涅日。他沒馬上找到烏莉婭娜，因為在沃羅涅日師範學院就讀的有兩位烏莉婭娜。第一位烏莉婭娜不可能和弗拉基米爾乘坐同一列火車從索契回來，因為夏天她去西伯利亞貝加爾湖度假。第二位女孩夏天的確去過黑海索契度假，而且是坐火車回來的。電視

臺記者想找她聊一聊，於是來到了她的家裡。但是烏莉婭娜不在家，記者就和她的媽媽聊了一會兒。

　　看見從莫斯科來的記者，烏莉婭娜的媽媽非常驚訝，一打聽，原來是找她的女兒。她說，烏莉婭娜是一位非常傳統的女孩，她已經有男朋友了，叫弗拉基米爾。……媽媽講述烏莉婭娜和他是夏天從索契回家的途中認識的。他們乘坐同一列火車，坐在同一節車廂，聊了一整路，互相非常喜歡。弗拉基米爾是一位非常好的青年。他在軍事學院就讀，將成為軍官。他住在莫斯科，但是遺憾的是，烏莉婭娜沒能夠找到他，因為不知道他住在哪條街道，哪棟房子裡。她非常喜歡他，並等待著他。

　　電視臺記者邀請烏莉婭娜和弗拉基米爾來到《等我》這個節目。就這樣，這對在火車上認識的年輕人終於相見了。

單詞

популя́рный	形	①通俗的，大眾化的，普及的 ②有聲望的
телевизио́нный	形	電視的
после́дний	形	最新的，最近的
знако́миться	未	① (с кем) 與……相識
познако́миться	完	② (с чем) 瞭解，熟悉
ваго́н	陽	車；車廂
бу́дущий	形	將來的，未來的；下一次的
взгляд	陽	一瞥，視線，目光
замеча́ть	未	(кого́-что) 看見，發現；注意到
заме́тить	完	
родно́й	形	家鄉的，可愛的
ма́ло	副	少，不多；不足
да́же		(用作連接詞) 甚至，就連
успева́ть	未	(常接動詞原形或к чему́, на что) 來得及，趕得上
успе́ть	完	
находи́ть	未	尋找，發現，看到
найти́	完	
педагоги́ческий	形	①教育家的，教師的 ②師範的
второ́й	形	次要的，第二位的
телеви́дение	中	電視
тележурнали́ст	陽	電視臺記者
журнали́ст	陽	新聞工作者，新聞記者
па́рень	陽	青年人，年輕人；小夥子
беда́	陰	①不幸；災難 ②(用作謂語) 糟糕，倒楣
наконе́ц	副	最後，末了；終於

◉ 人名

Улья́на 烏莉婭娜

◉ 地名

Со́чи 索契

Воро́неж 沃羅涅日

Байка́л 貝加爾湖

■ 語法

1. 形容詞、代詞、序數詞與名詞連用及各格的變化（請參考《走遍俄羅斯2》第一課的表1、表2、表3、表4、表5）

　　形容詞是表示事物特徵的詞類。形容詞有性、數、格的變化。它通常用來說明名詞，與被說明的名詞在性、數、格上保持一致。形容詞在句中通常用作定語和謂語。形容詞和名詞一樣，也有六個格的形式。

　　1) 形容詞與名詞連用時各格的變化

　　形容詞的變化分硬變化、軟變化兩種類型，範例如下：

硬變化範例：

格 ＼ 性 ＼ 數	單數			複數
	陽性	中性	陰性	
一	но́вый	но́вое	но́вая	но́вые
二	но́вого		но́вой	но́вых
三	но́вому		но́вой	но́вым
四	同一或二	同一	но́вую	同一或二
五	но́вым		но́вой	но́выми
六	(о) но́вом		(о) но́вой	(о) но́вых

軟變化範例：

格 ＼ 性 ＼ 數	單數			複數
	陽性	中性	陰性	
一	сре́дний	сре́днее	сре́дняя	сре́дние
二	сре́днего		сре́дней	сре́дних
三	сре́днему		сре́дней	сре́дним
四	同一或二	同一	сре́днюю	同一或二
五	сре́дним		сре́дней	сре́дними
六	(о) сре́днем		(о) сре́дней	(о) сре́дних

注：

①形容詞與動物名詞連用第四格同第二格，與非動物名詞連用則同第一格。

②詞尾前以г、к、х結尾的形容詞屬硬變化，但г、к、х後不寫-ы，寫-и。

③詞尾前以ж、ш、ч、щ結尾的形容詞分兩種情況：如重音在結尾屬於硬變化，如重音不在詞尾屬於軟變化。ж、ш、ч、щ後不寫-ы，寫-и；不寫-ю，寫-у。

④以-ый、-ой 結尾的形容詞的變格，通常與но́вый的變格相同。

⑤以-ий結尾的形容詞的變格，通常與сре́дний的變格相同。

⑥形容詞的變格詞尾-ого、-его讀作[ово]、[ево]。

2）物主代詞的變化

物主代詞表示事物的所屬關係。人稱物主代詞有мой、наш、твой、ваш、его́、её、их，反身物主代詞свой。

物主代詞變格範例：

數\性\格	單數						複數	
	陽性	中性	陰性	陽性	中性	陰性		
一	мой	моё	моя́	наш	на́ше	на́ша	мой	на́ши
二	моего́		моéй	на́шего		на́шей	мои́х	на́ших
三	моему́		моéй	на́шему		на́шей	мои́м	на́шим
四	同一或二	моё	мою́	同一或二	на́ше	на́шу	同一或二	
五	мои́м		моéй	на́шим		на́шей	мои́ми	на́шими
六	(о) моём		(о) моéй	(о) на́шем		(о) на́шей	(о) мои́х	(о) на́ших

注：

①物主代詞與動物名詞連用第四格同第二格，與非動物名詞連用則同第一格。

②твой、свой的變化與мой相同；ваш的變化與наш相同。

③его́、её、их同人稱代詞第二格變格，永不變化。

3）反身物主代詞的用法

(1) 如果句中的主語是第一、第二人稱代詞，那麼свой有時可換成相對應的物主代詞，在意義上相同。試比較：

> Мы лю́бим свою́ рабо́ту.
> 我們熱愛自己的工作。
> Мы лю́бим на́шу рабо́ту.
> 我們熱愛我們的工作。

(2) 如果句中的主語是名詞或第三人稱代詞，свой就不能和его́、её、их互相換用，這時свой表示該事物屬於行為主體（主語）所有，而его́、её、их則表示該事物屬於另一個（一些）人所有。試比較：

Ивано́в напо́мнил Петро́ву свои́ слова́.

伊萬諾夫對彼得洛夫提到自己講過的話。（伊萬諾夫的話）

Ивано́в напо́мнил Петро́ву его́ слова́.

伊萬諾夫對彼得洛夫提到他講過的話。（可能是彼得洛夫的話，也可能是第三者的話）

2. 名詞單數第六格的變化

	что	где	結尾 （оконча́ние）
陽性	теа́тр Шанха́й слова́рь	в теа́тре в Шанха́е в словаре́	硬子音加-е -й變-е -ь變-е
陰性	вы́ставка дере́вня	на вы́ставке в дере́вне	-а變-е -я變-е
中性	письмо́ мо́ре	в письме́ в мо́ре	-о變-е -е不變

3. 第六格的意義和用法

1) 第六格只能和前置詞一起使用。常與第六格連用的前置詞有в、на、о。

(1) 前置詞в、на與第六格連用都可以表示地點，回答где（在哪裡）的問題。

　　– Где вы у́читесь?

　　「您在哪裡就讀？」

　　– Я учу́сь **в сре́дней шко́ле.**

　　「我在中學就讀。」

　　– Где на́ши това́рищи?

　　「我們的同學在哪裡？」

　　– Они́ **на площа́дке.**

　　「他們在操場上。」

①前置詞в表示「在……裡」，如кни́га в столе́（書在桌子裡）；

②前置詞на表示「在……上」，如кни́га на столе́（書在桌子上）；

③на與某些名詞連用也可表示「在……裡」的意思，如на　　заво́де（在工廠裡）、на по́чте（在郵局裡）。

(2) 前置詞в、на 與第六格連用可以表示時間，回答когда́（什麼時候）的問題。其中，前置詞в與表示年、月的名詞以及表示幾點鐘（用順序數詞）的詞組第六格連用。前置詞на與名詞неде́ля（帶有定語）的第六格連用。

> **Моя́ сестра́ уе́хала в октябре́ (во второ́м часу́).**
> 我的姊姊在十月（在一點多鐘）離開。
> **На э́той неде́ле** я пойду́ в кино́.
> 在這週我將去看電影。

(3) 表示交通工具的名詞與前置詞на連用，表示乘坐某種交通工具，與前置詞в連用，表示在某種交通工具裡面。

　　лете́ть на самолёте（乘飛機）── сиде́ть в самолёте（在飛機裡）

2) 前置詞о用得最廣泛。它表示言語、思維的內容，回答о ком-чём（關於誰、什麼）的問題。例如：

> **– О чём (о ком)** ты неда́вно спра́шивал его́?
> 「你不久前問他什麼事（關於誰）？」
> **– О его́ семье́ (о его́ роди́телях).**
> 「關於他的家庭（關於他的父母）。」

下列動詞、名詞的支配關係形式是о ком-чём，應逐一記住。

①говори́ть、расска́зывать、бесе́довать、спра́шивать、проси́ть、ду́мать、сообща́ть 等。

②расска́з、кни́га、статья́、ле́кция、докла́д、пе́сня、мысль等。

> **Мы слу́шали докла́д об изуче́нии иностра́нных языко́в.**
> 我們聽過一個有關外語學習的報告。
> **Я говорю́ о моём ста́ром дру́ге.**
> 我談論我的老朋友。

4. 帶кото́рый的定語從句*

　　對主句中某個名詞或用作名詞的詞進行限定，並表示其特徵的從句叫做定語從句（определи́тельное прида́точное предложе́ние）。這類從句回答како́й（什麼樣的，哪一個的）的問題。定語從句借助關聯詞與主句相連。

　　帶關聯詞кото́рый的定語從句：

	кото́рый неда́вно поступи́л в наш институ́т. 不久前剛考上我們學院的。
	кото́рого я давно́ не ви́дел. 我很久沒見過的。
Ко мне придёт друг, 要來我這裡的朋友是	**кото́рому** я писа́ла письмо́. 我給他寫過信的。
	кото́рого ты зна́ешь. 你熟悉的。
	с кото́рым ты хорошо́ знако́м. 你很熟悉的。
	о кото́ром я тебе́ расска́зывал вчера́. 我昨天給你講過他的事的。

---

* 注：在第二、三、四、五、六課中講解定語從句中的第四格、第二格、第三格、第五格、複數，請參考此課。

1) кото́рый是定語從句中最常見的關聯詞，有性、數、格的變化。它的性、數應與主句中被説明的名詞一致，而格則取決於它在從句中所起的句法作用。如果關聯詞是從句的主語，就用第一格；如果是從句的其他成分，則用相應的帶前置詞或不帶前置詞的格的各種形式。

Расскажи́ мне о худо́жниках, 請給我講一下那些畫家	**кото́рые** прие́хали в Пеки́н сего́дня. 今天到達北京的。 **кото́рых** ты зна́ешь. 你熟悉的。 **к кото́рым** ты ле́том е́здил в го́сти. 你夏天曾去做客的。 **с кото́рыми** ты познако́мился вчера́. 你昨天認識的。

Я сде́лал видеофи́льм о друзья́х, **кото́рых** я о́чень люблю́.
我製作了講述我非常喜歡的朋友的影片。

Вот фотогра́фии мои́х друзе́й, **о кото́рых** я ча́сто расска́зывал.
這些是我過去經常給你們講述過的我朋友的照片。

2) 定語從句可位於主句之後，也可位於主句之中，但都必須位於所形容的名詞之後。例如：

Я уже́ прочита́л кни́гу, **о кото́рой** ты мне говори́л.
我已經讀完了你對我談過的那本書。

Кни́гу, **о кото́рой** ты мне говори́л, я уже́ прочита́л.
你對我談起過的那本書我已經讀完了。

3) 關聯詞кото́рый一般位於從句之首，但當它用來説明從句中名詞表示的某成分時，可位於該名詞之後。例如：

Мы вошли́ в све́тлую ко́мнату, о́кна **кото́рой** выходи́ли на юг.
我們走進了一間窗戶朝南的明亮房間。

目 練習題參考答案

頁6：2a

Како́й клуб рабо́тает в Москве́?

Како́го клу́ба не́ было здесь ра́ньше?

Како́му клу́бу то́лько 3 го́да?

Како́й клуб о́чень лю́бят молоды́е лю́ди?

Каки́м клу́бом заинтересова́лись спортсме́ны?

В како́м клу́бе занима́ются спо́ртом де́ти и взро́слые?

頁6：2б

| В Москве́ рабо́тает клуб. **Како́й клуб?** | → | **Молодёжный спорти́вный клуб** в Москве́ рабо́тает. |

| Ра́ньше здесь не́ было э́того клу́ба. **Како́го клу́ба?** | → | **Молодёжного спорти́вного клу́ба** ра́ньше здесь не́ было. |

| Э́тому клу́бу то́лько 3 го́да. **Како́му клу́бу?** | → | **Молодёжному спорти́вному клу́бу** то́лько 3 го́да. |

| Молоды́е лю́ди о́чень лю́бят э́тот клуб. **Како́й клуб?** | → | **Молодёжный спорти́вный клуб** о́чень лю́бят молоды́е лю́ди. |

| Спортсме́ны заинтересова́лись э́тим клу́бом. **Каки́м клу́бом?** | → | **Молодёжным спорти́вным клу́бом** заинтересова́лись спортсме́ны. |

| В э́том клу́бе занима́ются спо́ртом де́ти и взро́слые. **В како́м клу́бе?** | → | **В молодёжном спорти́вном клу́бе** занима́ются спо́ртом де́ти и взро́слые. |

頁7：3а

Кто рабо́тает в теа́тре?

У кого́ мно́го роле́й в теа́тре?

Кому́ нра́вится своя́ рабо́та?

Кого́ лю́бят зри́тели?

С кем ты познако́мился неда́вно?

О ком ты прочита́л в журна́ле?

頁7：3б

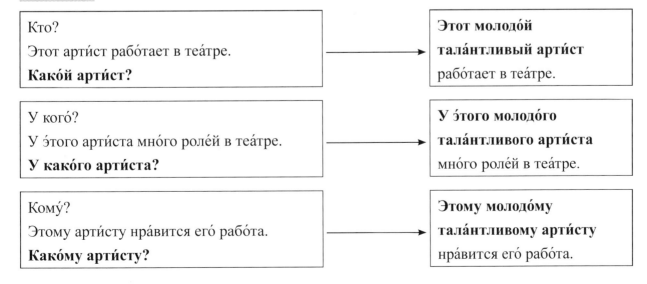

| Кто? Э́тот арти́ст рабо́тает в теа́тре. **Како́й арти́ст?** | → | **Э́тот молодо́й тала́нтливый арти́ст** рабо́тает в теа́тре. |

| У кого́? У э́того арти́ста мно́го роле́й в теа́тре. **У како́го арти́ста?** | → | **У э́того молодо́го тала́нтливого арти́ста** мно́го роле́й в теа́тре. |

| Кому́? Э́тому арти́сту нра́вится его́ рабо́та. **Како́му арти́сту?** | → | **Э́тому молодо́му тала́нтливому арти́сту** нра́вится его́ рабо́та. |

1

Кого́? Этого арти́ста лю́бят зри́тели. **Како́го арти́ста?**	→	**Этого молодо́го тала́нтливого арти́ста** лю́бят зри́тели.
С кем? С э́тим арти́стом я познако́мился неда́вно. **С каки́м арти́стом?**	→	**С молоды́м тала́нтливым арти́стом** я познако́мился неда́вно.
О ком? Об э́том арти́сте я прочита́л в журна́ле. **О како́м арти́сте?**	→	**О молодо́м тала́нтливом арти́сте** я прочита́л в журна́ле.

頁7：4б

略。

頁8：5а

Кто тебе́ нра́вится?

У кого́ хоро́ший го́лос?

Кому́ 35 лет?

Кого́ вы ви́дели в но́вом фи́льме?

С кем разгова́ривал журнали́ст?

О ком он написа́л статью́?

頁8：5б

Мне нра́вится э́та арти́стка. **Кака́я арти́стка?**	→	**Эта изве́стная ру́сская арти́стка** мне нра́вится.
У э́той арти́стки хоро́ший го́лос. **У како́й арти́стки?**	→	**У э́той изве́стной ру́сской арти́стки** хоро́ший го́лос.
Этой арти́стке 35 лет. **Како́й арти́стке?**	→	**Этой изве́стной ру́сской арти́стке** 35 лет.
Эту арти́стку мы ви́дели в но́вом фи́льме. **Каку́ю арти́стку?**	→	**Эту изве́стную ру́сскую арти́стку** мы ви́дели в но́вом фи́льме.
Журнали́ст разгова́ривал с э́той арти́сткой. **С како́й арти́сткой?**	→	**С изве́стной ру́сской арти́сткой** разгова́ривал журнали́ст.

<table>
<tr>
<td>

Он написа́л статью́ об э́той артистке.

О како́й арти́стке?

</td>
<td>→</td>
<td>

Об э́той изве́стной ру́сской арти́стке он написа́л статью́.

</td>
</tr>
</table>

頁11：6a

Журна́л «Театра́льная жи́знь» пи́шет
Писа́тель И. С. Турге́нев мно́го писа́л
Телепереда́ча «Му́зыка и мы» расска́зывает
Фильм «Пе́рвая любо́вь» расска́зывает
В кни́ге «Москва́ и москвичи́» мо́жно узна́ть
В газе́те «Спорти́вная жизнь» мо́жно прочита́ть
Журна́л «Де́ньги» написа́л
Телепереда́ча «Моя́ семья́» рассказа́ла

о ру́сской приро́де
о большо́й любви́
о совреме́нном иску́сстве
о популя́рной и класси́ческой му́зыке
о молодо́й тала́нтливой актри́се
о большо́м спо́рте
о совреме́нной семье́
о ста́рой Москве́
о но́вом росси́йском ба́нке
об изве́стном тенниси́сте
о молодо́й интере́сной же́нщине

頁12：8

略。

頁13：9

略。

頁13：10

略。

頁15：11

略。

頁16：12

略。

Мой оте́ц рабо́тает в ба́нке. Он ча́сто расска́зывает мне **о свое́й** рабо́те, **о своём** ба́нке. Я то́же мечта́ю рабо́тать в **его́** ба́нке. Иногда́ я чита́ю в газе́те **о его́** ба́нке.

| его́ |

| о его́ |

| о её |

| о своём |

| о свое́й |

Моя́ ба́бушка – о́чень интере́сный челове́к.
Она́ ча́сто вспомина́ет о **свое́й** мо́лодости. Я люблю́ слу́шать расска́зы о **её** жи́зни и мечта́ю написа́ть кни́гу о **свое́й** ба́бушке.

1. Газе́та, кото́рая называ́ется «Моя́ семья́», мне о́чень нра́вится.
   Кака́я газе́та тебе́ о́чень нра́вится?

2. Цветы́, кото́рые нра́вятся мое́й де́вушке, сто́ят о́чень до́рого.
   Каки́е цветы́ сто́ят о́чень до́рого?

3. Общежи́тие, кото́рое нахо́дится о́коло метро́, о́чень удо́бное.
   Како́е общежи́тие о́чень удо́бное?

4. Мой сосе́д, кото́рый был на экску́рсии в Петербу́рге, рассказа́л мне об э́том го́роде.
   Како́й сосе́д рассказа́л вам об э́том го́роде?

5. Друг, кото́рый живёт в друго́м го́роде, присла́л Ви́ктору письмо́.
   Како́й друг присла́л Ви́ктору письмо́?

6. Изве́стная арти́стка, кото́рая неда́вно прие́хала в на́шу страну́, вчера́ выступа́ла по телеви́зору.
   Кака́я арти́стка выступа́ла по телеви́зору вчера́?

1. У меня́ есть друг, кото́рый сейча́с то́же у́чится в Москве́.
2. Студе́нтки обы́чно за́втракают в ма́леньком недорого́м кафе́, кото́рое им о́чень нра́вится.
3. Мой брат живёт на Тверско́й у́лице, кото́рая нахо́дится в це́нтре Москвы́.
4. Вчера́ Ви́ктор рассказа́л нам о но́вом фи́льме, кото́рый называ́ется «Восто́к-За́пад».
5. У меня́ есть симпати́чная ко́шка и у́мная соба́ка, кото́рые о́чень дру́жат.
6. Вчера́ Кла́ра была́ в но́вом общежи́тии, кото́рое ей не понра́вилось.
7. Ве́чером мне позвони́ли ста́рые друзья́, кото́рые неда́вно верну́лись из Евро́пы.
8. Познако́мьтесь! Э́то моя́ учи́тельница, кото́рая посове́товала мне поступи́ть на физи́ческий факульте́т.

1. Я живу́ в до́ме, в кото́ром жи́ли мои́ роди́тели.
2. Я гуля́ла по у́лице, на кото́рой живёт моя́ подру́га.
3. Я рабо́таю в шко́ле, в кото́рой я учи́лся.

4. Я был на стадио́не, на кото́ром мы ча́сто игра́ем в футбо́л.

5. Я был на о́зере, в кото́ром мно́го ры́бы.

6. Мне нра́вится подру́га, о кото́рой я вам писа́ла.

7. Вот фотогра́фия бра́та, о кото́ром я вам расска́зывал.

8. Я люблю́ кафе́, в кото́ром мы ча́сто пьём ко́фе.

頁33：30

1. Тележурнали́ст иска́л де́вушку, о кото́рой ему́ рассказа́л Влади́мир.

2. Журнали́ст прие́хал в институ́т, в кото́ром учи́лась Улья́на.

3. Влади́мир не знал назва́ние у́лицы, на кото́рой жила́ Улья́на.

4. «Жди меня́» – э́то телепереда́ча, в кото́рой лю́ди и́щут друг дру́га.

5. Улья́на не зна́ла но́мер до́ма, в кото́ром живёт Влади́мир.

УРОК 2 第二課

一 課文譯文及單詞

頁47：6a

我喜歡什麼

我有一個朋友叫米什卡。我和他在同一所學校裡一起學習音樂。有一天，我和米什卡去教室上音樂課，我們的老師鮑里斯‧謝爾蓋耶維奇正在彈鋼琴。我們悄悄地坐下來開始聽他演奏。我們聽著鮑里斯‧謝爾蓋耶維奇演奏美妙的音樂。演奏結束後，我問：

「鮑里斯‧謝爾蓋耶維奇，您彈的是什麼曲子？」

他回答道：

「這是蕭邦的曲子。蕭邦是一位偉大的作曲家。他創作了美妙的音樂。世界上我最喜歡的就是音樂。你呢，吉尼斯，最喜歡什麼？」

「我喜歡許多事情。」

我說，我非常喜歡下棋、讀童話、看電視；喜歡唱歌、遛狗、打電話；喜歡游泳、散步、逛動物園，非常喜歡送禮物，喜歡笑……我喜歡很多東西。

鮑里斯‧謝爾蓋耶維奇認真地聽著我說，然後說道：

「太令人驚訝了！我不知道，你那麼小，卻喜歡那麼多！簡直是包羅萬象！」

米什卡也非常想講他喜歡什麼，因此他不再保持沉默了。

「我也喜歡很多東西。我也想對您講一講，我喜歡什麼。」

鮑里斯‧謝爾蓋耶維奇笑了，說道：

「太有趣了，那就說吧，你喜歡什麼？」

米什卡思索了一下，便開始說：

「我喜歡甜蛋糕、巧克力蛋糕、白麵包和黑麵包，非常喜歡油炒的馬鈴薯，也喜歡水煮的馬鈴薯，喜歡紅色魚子醬和黑色魚子醬。我特別喜歡水煮香腸，但是最喜歡的是烤香腸！我能夠吃整整一公斤！我從心裡喜歡吃冰淇淋，特別喜歡巧克力冰淇淋、水果冰淇淋、香草冰淇淋……我還喜歡番茄汁、葡萄汁、蘋果汁、橙汁……我能夠喝整整一公升。我也喜歡礦泉水，喜歡湯、乳酪、香腸……噢，對了，我已經說過香腸了……」

米什卡說得很快，感到非常疲倦。他等著鮑里斯‧謝爾蓋耶維奇誇獎他，但是鮑里斯‧謝爾蓋耶維奇認真地看著米什卡且沉默著，然後他說：

「是的……我發現你喜歡食物，甚至商店裡出售的所有食物，而且只有……那人呢？你喜歡誰？」

米什卡臉紅了，說道：

「噢！我完全忘了！我喜歡我奶奶。她做飯非常可口。」

單詞

занима́ться	未	(чем) 學習，工作
заня́ться	完	
пиани́но	中 不變	立式鋼琴
компози́тор	陽	作曲家
чуде́сный	形	①奇異的，神奇的
		②絕佳的，極好的
свет	陽	光，亮光
соба́ка	陰	犬，狗
зоопа́рк	陽	動物園
смея́ться	未	①笑
		②(над кем-чем) 譏笑，嘲笑
внима́тельно	副	細心地，注意地
удиви́тельно	副	①令人詫異的，異常的
		②(用作無人稱謂語)（覺得）很奇怪，很驚奇
молча́ть	未	沉默，不作聲
сла́дкий	形	①甜的
		②(用作名詞) сла́дкое 中 甜食（品）
кекс	陽	（通常帶葡萄乾的）奶油蛋糕
шокола́дный	形	巧克力的；褐色的，咖啡色的
торт	陽	大蛋糕，奶油點心
жа́реный	形	烤的，炸的，煎的，炒的
карто́шка	陰	馬鈴薯
варёный	形	煮的
икра́	陰	①魚子醬
		②（蔬菜做的）醬
колбаса́	陰	灌腸，香腸，臘腸
копчённый	形	燻製的，燻黑了的
килогра́мм	陽	公斤，千克
душа́	陰	心，心靈
моро́женое	中	冰淇淋
фрукто́вый	形	水果的，果子的；結果的（指樹）
вани́льный	形	香草的；香草果的，香精的
тома́тный	形	西紅柿（做）的，番茄（做）的
сок	陽	汁，汁液，漿液
виногра́дный	形	葡萄（製）的
я́блочный	形	蘋果（製）的
апельси́новый	形	橙的，橙黃色的
литр	陽	公升

минера́льный	形	礦物的，含礦物的
суп	陽	湯（菜）
сыр	陽	乾酪
устава́ть	未	①感到疲乏，勞累
уста́ть	完	②厭倦，厭煩
хвали́ть	未	(кого́-что) 誇獎，稱讚，讚揚
похвали́ть	完	
проду́кты	複	產品，結果，食品，材料
покрасне́ть	完	臉紅了
забыва́ть	未	① (кого́-что, о ком-чём) 忘記，忘掉，忘卻
забы́ть	完	② (кого́-что) 遺忘
вку́сно	副	津津有味地；很香地

◉ 人名

Ми́шка 米什卡

Бори́с Серге́евич 鮑里斯・謝爾蓋耶維奇

Шопе́н 蕭邦

Дени́с 吉尼斯

頁53：16a

尤里・加加林的外孫

　　看看這些照片。您看見的左邊這張聞名遐邇的照片就是尤里・阿列克謝耶維奇・加加林，您當然認出了這張照片上的人。而在右邊，第二張照片是誰呢？看看這個小男孩。這個小男孩非常像俄羅斯第一位太空人！他也有著俄羅斯人特有的寬闊的臉頰、活潑的眼睛，最重要的是，小男孩的微笑與加加林善良、友好的微笑非常相像，這樣的微笑為全世界所熟知。這個可愛的小男孩就是加加林的外孫，他也叫做尤里，或者尤拉。他出生於1990年，即在加加林進行太空飛行29年後出生。他在莫斯科一所普通的學校裡上學，每週打網球，踢足球，跳舞，喜歡讀科幻小說。他的母親是尤里・加加林的女兒，在莫斯科的學院教經濟學。他的父親是小兒科醫生，在兒童醫院工作。尤拉的理想也是成為一名醫生。他想成為像他父親一樣的小兒科醫生。

　　尤拉從來沒有見過自己這位家喻戶曉的外公，因為他在許多年前，即在1968年已經犧牲了，但是媽媽經常給尤拉講述外公的事，因此他非常瞭解他。「在1961年4月12日我的外公飛向太空，」尤拉說，「他在那裡待的時間並不長，只有108分鐘。但他是登上這廣袤宇宙的第一人。」在小男孩的房間裡有加加林的照片。在那裡有第一位太空人曾乘坐過的「米格」飛機模型。尤拉堅信，為了研究其他的星體，人們需要飛到宇宙去。尤拉認為，只有非常聰明的、具有堅定的目標、健壯和勇敢的人才能成為太空人。在他的外公身上具備那樣的品質，這一點尤拉確信。「能夠和他交個朋友該多好呀！」他說。

單詞

слéва	副	在左邊，從左邊
спрáва	副	在右邊，從右邊
похóжий	形	(с кем-чем, на когó-что) 相似的，類似的
космонáвт	陽	太空人，宇宙航行員
лицó	中	臉，面孔
глáвный	形	①主要的，最重要的 ②總的，起主要作用的
улы́бка	陰	微笑，笑容
привéтливый	形	和藹可親的，殷勤的；親切的
внук	陽	①孫子，外孫 ② 複 後代，後輩
симпати́чный	形	令人產生好感的，討人喜歡的（指人）
обы́чный	形	①平常的，通常的 ②普通的，平凡的
тéннис	陽	網球（指運動項目）
танцевáть	未	(что或無補語) 跳舞；會跳舞
фантáстика	陰	①幻想物 ②不現實的事
экономи́ка	陰	經濟
мечтáть	未	(о ком-чём, 接動詞原形或無補語) 夢想，幻想；憧憬，嚮往
знамени́тый	形	有名的，著名的
погибáть	未	死亡；滅亡；（被）毀滅
поги́бнуть	完	
кóсмос	陽	宇宙
огрóмный	形	巨大的，極大的；人數眾多的
миг	陽	瞬間
уверя́ть	未	(когó в чём) 使相信，使確信，使信服
увéрить	完	
изучáть	未	研究；調查；學習
изучи́ть	完	
планéта	陰	行星
целеустремлённый	形	目標明確的
смéлый	形	勇敢的，大膽的
харáктер	陽	性格，性情，脾氣

◉ 人名

Юрий Алексéевич Гагáрин 尤里・阿列克謝耶維奇・加加林

早飯

年輕的作家亞歷山大・奧爾洛夫生活在古老美麗的俄羅斯城市羅斯托夫。他租了一間便宜的小房子寫書。他錢賺不多，很艱難，入不敷出。有一天他收到一封有趣的信。這是一位女讀者寫來的。她讀了他的新書。亞歷山大給她回信，很快收到了另一封信。她在信裡寫道，她要到羅斯托夫三天，想約他在一家著名的、昂貴的餐廳見面聊聊。她只有一天空閒的時間——星期日，因為星期五她要去羅斯托夫的克里姆林宮，而在星期六要去有趣的展覽會和博物館。

這位婦女很關注他的新書，令亞歷山大非常高興。他很想（與她）聊聊這本書。他真的沒有錢去昂貴的餐廳，但是他仍然想去見一見她。年輕人決定不買貴的食物和菸。這樣的話，也許他就有足夠的錢去昂貴的餐廳了。在回信中，他說，下星期日上午11點在餐廳附近等她。

星期日早晨亞歷山大站在餐廳附近等待美麗的陌生女郎。他想像她一定是一位年輕美貌的女士，幻想著晚上他們一起散步，他給她介紹自己的故鄉、自己喜歡的街道和地方。當她來的時候，他非常驚訝。

她不年輕也不漂亮，她叫克拉拉。她開始講話，她說話很快，說了很多。亞歷山大意識到，這是一個非常嘮叨的婦女。但是她只是講亞歷山大和他的新書，因此他還是準備認真地聽聽這個並不討人喜歡的婦女說些什麼。

他們走進餐廳，坐在無人的地方。當亞歷山大打開餐廳的菜單，他眼前一黑——價格是天價。克拉拉發現了他看到價格後的反應，決定安慰一下這個年輕人。

「我早餐從來吃得都不多，」她說，「只吃一道菜。依我看，現代人都太能吃了！我只點一個新鮮的海魚。真想知道，他們這有新鮮的海魚嗎？」

他們叫來年輕彬彬有禮的服務生。服務生說，當然，餐廳有新鮮的海魚，海魚是他們今天早晨捕獲的。亞歷山大點了海魚。服務生建議克拉拉再點一盤新鮮的沙拉。

「不，」她說，「我早餐從來不吃很多，或許你們這有黑魚子醬？我非常喜歡黑魚子醬。」

亞歷山大開始不安起來，他知道，黑魚子醬很貴。但是，怎麼辦呢？！他點了黑魚子醬，年輕人給自己點了一份最便宜的食物——馬鈴薯炒肉。

「為什麼您點馬鈴薯炒肉？」克拉拉說，「這是不好消化的食物，吃完後您將不能工作。學我吧，我總是吃得不多並感覺好極了。」

亞歷山大沉默著。現在應該點酒了。

「早晨我從來不喝葡萄酒，」克拉拉說。

「我也是，」亞歷山大很快說。

但是克拉拉沒聽年輕人的話，繼續說：

「早晨可以喝的只有白葡萄酒。它對身體非常有益。我的醫生建議我只喝法國香檳。」

「我的醫生建議我任何時候都不要喝酒。」

「您要喝什麼？」

「水！」

克拉拉吃了黑魚子醬、昂貴的魚並喝了法國香檳，然後點了蔬菜沙拉和水果。她興奮地絮叨著藝術、文學、音樂。不幸的作家坐著，計算著他將要付多少錢，想著，如果錢不夠的話，他該怎麼辦。

「要咖啡嗎？」亞歷山大問。

「是的，當然，我喜歡甜的黑咖啡和巧克力冰淇淋。」

最後，服務生給亞歷山大帳單。年輕人結了帳。他一戈比也沒剩下。

「跟我學吧，」克拉拉高興地說，「任何時候也不要多吃早餐。」

「我做得更好，」作家回答，「我今天午餐和晚餐都不吃。」

「您是開玩笑的嗎？！當然，您在開玩笑。」

亞歷山大知道，他再也不想見到這個女人。

20年過去了。有一天在劇院裡克拉拉看見了著名且受人歡迎的作家。她知道，她認識這個人，這是亞歷山大·奧爾洛夫。她和他打招呼。他也打招呼，但是他很驚訝，因為他不知道這是誰。站在他面前的是一位上了年紀並且非常豐滿的婦女。他沒認出老熟人。但是當她說出名字，他立刻想起了她。

「好久不見！」她微笑著。「時間過得真快呀！您記得我們的第一次見面嗎？您邀請我吃早餐。」

當然，他記得這頓早餐和這次約會。要知道在那個時候他的日子過得很拮据。可是現在，他已經是著名的作家和富有的人，可以邀請她在任何一家餐廳吃飯。但是，現在他對她如何評價他的那些書完全沒有興趣。

單詞

прекра́сный	形	①非常美麗的 ②非常好的
снима́ть снять	未 完	取去，拆下，撤銷，取消
недорого́й	形	便宜的
зараба́тывать зарабо́тать	未 完	(что或無補語)（靠工作）掙，掙得
своди́ть свести́	未 完	(кого́) 領著（或扶著）去一趟
коне́ц	陽	①盡頭，終點 ②末尾，結束
чита́тельница	陰	女讀者，女閱覽者
рестора́н	陽	飯店，餐廳
обраща́ть обрати́ть	未 完	(что на что) 把……轉向；把（目光、視線）引向
всё-таки	連	然而，不過，到底，究竟
сигаре́та	陰	香菸，捲菸
сле́дующий	形	下一個的
представля́ть предста́вить	未 完	①提出；呈報 ②想像
незнако́мка	陰	陌生的女人
же́нщина	陰	女子，女人，婦女
болтли́вый	形	好閒扯的，愛多嘴多舌的；嘴快的，易洩密的

неприя́тный	形	不愉快的
меню́	中 不變	①飯菜，菜餚 ②食譜，菜單
потемне́ть	完	黑暗起來，暗淡起來
темне́ть	未	
цена́	陰	價格，價錢
успока́ивать	未	① (кого́-что) 使放心，使安靜
успоко́ить	完	② (что) 使平息，使緩和
све́жий	形	新鮮的
морско́й	形	海的，海洋的
официа́нт	陽	（食堂、飯館的）服務生
чёрный	形	黑色的
волнова́ться	未	激動
взволнова́ться	完	
дешёвый	形	便宜的，廉價的
мя́со	中	（食用的）肉，肉類
тяжёлый	形	①重的，沉重的 ②軀體笨重的（指人、動物） ③笨重的，不靈活的
брать	未	(кого́-что) 拿，取；選，選擇
взять	完	
выбира́ть	未	① (кого́-что) 選擇，挑選
вы́брать	完	② (кого́-что) 選舉
вино́	中	酒（多指葡萄酒）
шампа́нское	中	香檳酒
зака́зывать	未	(что) 訂製，訂做，訂購
заказа́ть	完	
овощно́й	形	蔬菜的
сала́т	陽	涼拌菜；冷盤；沙拉
болта́ть	未	亂說，閒談，多嘴
литерату́ра	陰	書籍，圖書，著作，專著；文獻
заплати́ть	完	支付，繳納，償還
плати́ть	未	
хвати́ть	完	夠，足夠
хвата́ть	未	
ко́фе	陽 不變	咖啡
счёт	陽	①計算，數目，付款單 ② (單數)（比賽的）結果，比分
копе́йка	陰	戈比

обе́дать	未	吃（午）飯
пообе́дать	完	
у́жинать	未	吃晚飯
поу́жинать	完	
шути́ть	未	①説笑話，開玩笑
пошути́ть	完	②(над кем-чем) 戲弄，嘲笑
удивля́ться	未	覺得奇怪，驚訝
удиви́ться	完	
пожило́й	形	漸近老境的，上了年紀的
по́лный	形	滿的，胖的
услы́шать	完	(кого́-что或無補語) 聽到；聽見；聽
слы́шать	未	
вспомина́ть	未	(кого́-что或о ком-чём) 記起，想起；回憶起
вспо́мнить	完	
лета́ть	未	會飛，飛
любо́й	形	任何的，不論什麼樣的，隨便哪一個的

◉ 人名

Алекса́ндр Орло́в 亞歷山大·奧爾洛夫

Кла́ра 克拉拉

◉ 地名

Росто́в 羅斯托夫

二 語法

1. 名詞單數第四格的變化（代詞、形容詞與名詞連用，請參考《走遍俄羅斯2》第二課的表1及本
《自學輔導手冊》第一課內容）

		что-кого́	結尾（оконча́ние）
Он зна́ет	магази́н музе́й Кре́мль мо́ре сло́во		同第一格
	Ви́ктора Андре́я И́горя		硬子音加-a -й變-я -ь變-я
	му́зыку (му́зыка) Ната́шу (Ната́ша) пе́сню (пе́сня)		-a變-у -я變-ю
	жизнь мать		不變

注：陽性動物名詞單數第四格與第二格相同，非動物名詞與第一格相同。

2. 第四格的意義和用法

1) 表示及物動詞的動作客體，如чита́ть кни́гу（讀書）、писа́ть письмо́（寫信）。例如：

> Алёша мыл **посу́ду**, чи́стил **ви́лки и ножи́**.
> 阿廖沙洗了餐具，擦了叉子和刀子。
> Кни́ги откры́ли Алёше но́вый **мир**.
> 書籍給阿廖沙打開了新的世界。

2) 與未完成體動詞連用，表示動作持續的時間。例如：

> Я учу́сь ру́сскому языку́ уже́ **год**.
> 我學俄語已經一年了。
> **Ме́сяц** лежа́ла Ни́на в больни́це.
> 尼娜在醫院裡躺了一個月。
> Он отдыха́л **неде́лю**.
> 他休息了一週。

「ка́ждый+第四格名詞」詞組可表示動作週期性重複的時間。例如：

> Мы занима́емся ру́сским языко́м **ка́ждый день**.
> 我們每天都學習俄語。
> **Ка́ждое у́тро** я де́лаю гимна́стику.
> 我每天早晨都做操。

3) 與第四格連用的前置詞有в、на、че́рез、за、наза́д等。

  (1) в、на

前置詞в、на與名詞連用，表示動作的方向，回答куда́（到哪裡，往哪裡）的問題。例如：

> – Куда́ ты идёшь?
> 「你到哪裡去？」
> – Я иду́ **в шко́лу**.
> 「我到學校去。」
> – Я иду́ **на заво́д**.
> 「我去工廠。」

前置詞в表示「到……裡」，如идти́ в ко́мнату（到房間去）、в магази́н（到商店去）。

前置詞на表示「到……上面」，如идти́ на площа́дку（去操場）。但與某些名詞連用時，也可表示「到……裡」的意義，如идти́ на заво́д（到工廠）、на по́чту（去郵局）。

前置詞на與某些名詞第四格連用，除表示方向意義外，兼有「去做什麼」的意思。例如：

	уро́к.		上課。
	собра́ние.		開會。
	докла́д.		聽報告。
	рабо́ту.		上班。
Я иду́ на	заря́дку.	我去	做操。
	ве́чер.		參加晚會。
	обе́д.		吃午飯。
	за́втрак.		吃早飯。
	у́жин.		吃晚飯。

「前置詞в+第四格」表示行為發生的時間（在哪天，星期幾，在幾點鐘等）。例如：

> Он прие́хал **в суббо́ту**.
> 他星期六來的。
> Собра́ние начнётся **в час**.
> 會議將在一點鐘開始。

(2) че́рез

①「經過……」，表示時間，回答когда́（什麼時候）的問題。例如：

Че́рез год я бу́ду учи́телем.

再過一年我就當老師了。

Он верну́лся **че́рез час**.

一小時後他回來了。

②「穿過……」，表示運動通過某物、某場所，從一方到達另一方。例如：

Де́ти перешли́ **че́рез у́лицу**.

孩子們穿過街道。

Они́ шли **че́рез лес**.

他們穿過森林。

(3) за

①「за+第四格」表示方向，向某物後面、外面運動，回答куда́（到哪裡，往哪裡）的問題。例如：

Со́лнце зашло́ **за ту́чу**.

太陽躲到烏雲後面去了。

Ученики́ е́дут **за́ город**.

學生們往郊外去。

②「爭取……」，「為……」，表示行為的目的。例如：

На́ши спортсме́ны упо́рно боро́лись **за пе́рвое ме́сто** в соревнова́ниях.

為了奪取冠軍我們的運動員在比賽中頑強地拼搏。

Встреча́я Но́вый год, мы пи́ли **за здоро́вье** на́ших учителе́й.

在迎接新的一年到來之際，我們為老師們的健康祝酒。

③「因……」，指出行為的根據。例如：

Спаси́бо **за по́мощь**.

感謝你們的幫助。

Учи́тель похвали́л ученика́ **за сочине́ние**.

老師誇獎學生作文優秀。

④「用（多少）時間」，指出行為完成所用的時間。例如：

Всё ле́то де́ти бы́ли в пионе́рском ла́гере. **За ле́то** они́ попра́вились и загоре́ли.

孩子們在夏令營裡度過整個夏天。一夏天時間孩子們恢復了健康，皮膚也晒黑了。

Я прочита́л э́ту кни́гу **за неде́лю**.

我用一周的時間讀完了這本書。

(4) наза́д

「以前，之前」，指時間。例如：

Уро́к начался́ **час наза́д**.

一小時前就開始上課了。

В э́том го́роде не́ было метро́ **5 лет наза́д**.

五年前這座城市還沒有地鐵。

3. 運動動詞

俄語中有一定數量表示運動的動詞，如прийти́（來到）、уйти́（走開）、идти́（走）、отойти́（離去）等。語法中的「運動動詞」（глаго́лы движе́ния）是指其中的15對表示運動的不帶前綴的運動動詞。它們都是未完成體，成對偶關係，一種表示定向，另一種表示不定向。這15對運動動詞中有8對比較常見。

定向動詞	不定向動詞	詞義
идти́	ходи́ть	（步行）走
е́хать	е́здить	（乘車、馬、船）走
бежа́ть	бе́гать	跑
лете́ть	лета́ть	飛
плыть	пла́вать	游，航行
нести́	носи́ть	拿，帶
вести́	води́ть	領著，引導
везти́	вози́ть	運送，搬運

1) 定向動詞和不定向動詞表示不同性質的運動，在用法上也不相同。

(1) 定向動詞表示有一定方向的具體運動，而不定向動詞表示沒有一定方向的具體運動。試對比不同類型運動動詞的用法：

Самолёт **лети́т** на юг.

飛機往南飛。

Де́ти **бегу́т** к ма́тери.

孩子們向母親跑去。

Самолёт **лета́ет** над го́родом.

飛機在城市上空盤旋。

Де́ти **бе́гают** и игра́ют во дворе́.

孩子們在院子裡跑著玩。

(2) 定向動詞表示某一次具體的有方向的運動，而不定向動詞表示有一定方向的往返運動或多次運動。試對比不同類型運動動詞的用法：

Мы сейча́с **идём** на стадио́н. Мы ча́сто **хо́дим** на стадио́н.

我們現在去運動場。我們常去運動場。

Мать **ведёт** де́вочку в де́тский сад.

母親領著小女孩上幼兒園。

Ка́ждое у́тро мать **во́дит** де́вочку в де́тский сад.

每天早上母親都領著小女孩去幼兒園。

注：不定向動詞還可用來表示人的能力、愛好和動物的本能。例如：

Ребёнок уже́ **хо́дит**.

小孩已經會走了。

Мой друг хорошо́ **пла́вает**.

我的朋友很會游泳。

Я люблю́ **е́здить** на велосипе́де.

我喜歡騎自行車。

(3) 不定向動詞用於過去時，可表示動作主體到達某地方後又回到原地，即往返一次的運動。在詞義上等於был。例如：

Я **ходи́л (е́здил)** в библиоте́ку. = Я **был** в библиоте́ке.

我去過圖書館。

(4) идти́、е́хать等定向動詞用於過去時，可表示主體在過去某一時刻正在進行的、有方向的運動，作為另一行為的時間背景，即「在……時候」。例如：

Когда́ я **е́хал** на рабо́ту, я чита́л её.

我去上班路上，閱讀它（書）。

不定向動詞也可作為另一行為的時間背景，但這時所表示的意義不同。試對比：

Мы познако́мились, когда́ я **е́хал** в Пеки́н.

（指在去北京的路上認識的。）

Мы познако́мились, когда́ я **е́здил** в Пеки́н.

（兩人相識可能在去北京的路上，可能在回來的路上，也可能在北京停留期間。）

2) 帶前綴的運動動詞

俄語中成對的定向動詞和不定向動詞加上同一個前綴，一般都可構成對應的完成體和未完成體動詞。同時，不同的前綴表示不同的運動方向意義。例如：

完成體	未完成體
идти́ —— прийти́	ходи́ть —— приходи́ть
е́хать —— уе́хать	е́здить —— уезжа́ть
бе́гать —— вбега́ть	бежа́ть —— вбежа́ть

注：加上前綴後，原來詞根的外形以及重音都可能有一些變化。例如：идти́ —— уйти́，е́здить —— приезжа́ть等。

(1) 帶前綴運動動詞與前置詞的對應關係

運動動詞與方向狀語有密切關係，因此不帶前綴的和帶前綴的運動動詞要求與一定的表示方向的前置詞連用。

帶前綴при-運動動詞表示來到某處，帶前綴у-運動動詞表示離開某處。需要用地點狀語時，要用與前綴相對應的前置詞。例如：

при- —— в	у- —— из
прийти́ в институ́т	уйти́ из институ́та
при- —— на	у- —— с
прийти́ на рабо́ту	уйти́ с рабо́ты
при- —— к	у- —— от
прийти́ к дру́гу	уйти́ от дру́га

при- —— из	у- —— в
прийти́ из институ́та	уйти́ в институ́т
при- —— с	у- —— на
прийти́ с рабо́ты	уйти́ на рабо́ту
при- —— от	у- —— к
прийти́ от дру́га	уйти́ к дру́гу

> Ни́на че́рез де́сять **придёт** ко мне.
> 尼娜十分鐘後上我這兒來。
> Ба́бушка собира́ется **уе́хать** в дере́вню на неде́лю.
> 奶奶打算到農村去一個星期。

注：зайти́也表示「來到」某處，常與表示方向的前置詞к、в、на 等連用，但與прийти́在意義上有所不同。它表示順便的、短時的、近距離的運動。試對比：

> Я то́лько на мину́тку **зашла́**. Меня́ ждут внизу́.
> 我到這兒來只能待一會兒，樓下有人等著我。
> Врач назна́чил мне **прийти́** в сре́ду в во́семь утра́.
> 醫生約我星期三早上八點鐘去。

(2) 某些帶前綴運動動詞的使用特點

　①定向運動動詞идти、éхать加上前綴по-之後，構成了具有另外意義的完成體動詞，如пойти（走去）、поéхать（乘車、馬、船等去），沒有對應的未完成體動詞。其使用特點如下：

● 用來表示運動的開始，包括從靜止狀態轉入運動狀態的開始和運動從一個階段轉到另一個階段的開始。例如：

> По́сле собра́ния вся гру́ппа **пошла́** в кино́.
> 集會後全班都去看電影了。
> Мы дошли́ до угла́ и **пошли́** нале́во.
> 我們走到拐角處就往左走了。

● 將來時形式用來表示「打算去」、「想去」等意義。例如：

> – Где вы бу́дете че́рез час?
> 「一小時後您去哪兒？」
> – Я **пойду́** в библиоте́ку.
> 「我要去圖書館。」

● 過去時形式在一定上下文中可以表示運動已達到目的，運動主體正在目的地。例如：

> – Где ва́ши роди́тели?
> 「您的父母在哪兒？」
> – Они́ **пошли́** на рабо́ту. (Они́ на рабо́те.)
> 「他們上班去了。」

　②帶前綴的運動動詞（прийти́ —— уйти́, войти́ —— вы́йти）在一定的上下文中，未完成體過去時形式可以表示一次往返的運動，而完成體過去時形式可以表示帶有結果的一次具體運動。例如：

> Его́ нет до́ма. Он **уе́хал** в командиро́вку.
> 他現在不在家，出差去了。（去了還未回來）
> На про́шлой неде́ле его́ не́ было до́ма, он **уезжа́л** в командиро́вку.
> 上週他不在家，出過一趟差。（去了又回來了）

　③表示「來到、離去」的帶前綴運動動詞未完成體現在時可用作將來時，表示即將發生的行為。例如：

> Мы **уезжа́ем** че́рез неде́лю.
> 一星期後我們就要離開了。

4. 直接引語和間接引語（在本《自學輔導手冊》第四課中繼續講解這部分內容，請參考此課）

對別人的話所作的一字不改的轉述叫做直接引語（пряма́я речь）。直接引語經常帶有引用者的話（слова́ а́втора）。書寫時，直接引語放在引號（кавы́чки）« »或" "之中。例如：

> Са́ша сказа́л: «Я за́втра е́ду в командиро́вку».
> 薩沙説：「我明天就要去出差。」

對別人的話，以引用者的口吻所作的轉述叫做間接引語（ко́свенная речь）。例如：

> Са́ша сказа́л, что он за́втра е́дет в командиро́вку.
> 薩沙説明天他要去出差。

用間接引語代替直接引語

直接引語通常可以用間接引語來代換。代換方法如下：

1. 直接引語中的人稱代詞、物主代詞和謂語形式要從引用者的角度做相應的改變。例如：

> «Где же **твой** но́вый прия́тель?» – спроси́л он Арка́дия.
> 「你的新朋友在哪兒？」他問阿爾卡季。
>
> Он спроси́л Арка́дия, где **его́** но́вый прия́тель.
> 他問阿爾卡季他的新朋友在哪兒。

2. 如果直接引語是帶疑問詞的疑問句，就用該疑問詞（作關聯詞用）的説明從句來代換，句末用句號。引用者的話放在句首，作為主句。例如：

> «**О чём** же ты с ней говори́шь?» – спроси́л я бра́та.
> 「你跟她説些什麼？」我問弟弟。
>
> Я спроси́л бра́та, **о чём** он с ней говори́т.
> 我問弟弟，他跟她説些什麼。

3. 如果直接引語是不帶疑問詞的疑問句，則用帶語氣詞ли的説明從句代換。這時語氣詞位於疑問中心詞之後，疑問中心詞置於從句之首。例如：

> «Ты **надо́лго** сюда́ прие́хал?» – спроси́л меня́ Са́ша.
> 「你到這兒來要待很久嗎？」薩沙問我。
>
> Са́ша спроси́л меня́, **надо́лго ли** я прие́хал сюда́.
> 薩沙問我到這兒是否要待很久。

4. 如果直接引語是陳述句，就用帶連接詞что的說明從句來代換。例如：

> Па́вел сказа́л ма́тери: «В суббо́ту у меня́ бу́дут го́сти».
>
> 帕維爾對母親説：「星期六我有客人來。」
>
> Па́вел сказа́л ма́тери, **что** в суббо́ту у него́ бу́дут го́сти.
>
> 帕維爾對母親説，星期六他有客人來。

5. 如果直接引語是祈使句，則用帶連接詞что́бы的説明從句代換。例如：

> «Расскажи́ что-нибу́дь интере́сное», – говори́т мне Ви́тя.
>
> 「講點有趣的事吧。」維佳對我説。
>
> Ви́тя говори́т мне, **что́бы** я рассказа́л что-нибу́дь интере́сное.
>
> 維佳對我説要我講點有趣的事。

目 練習題參考答案

頁45：4

1. a) мою́, свою́ б) мою́
2. свою́, его́, свою́
3. свою́, свой, свой, её, свою́

頁55：18

1. ме́сяц наза́д, ме́сяц наза́д, че́рез ме́сяц
2. год наза́д, че́рез год, че́рез год
3. час наза́д, че́рез час, че́рез час
4. че́рез 15 мину́т, че́рез 15 мину́т, 15 мину́т наза́д
5. че́рез 5 лет, 5 лет наза́д, 5 лет наза́д
6. ка́ждый год, год наза́д, че́рез год, ка́ждый год, год наза́д

頁59：21

1. придём	1. уйду́
2. придёт	2. уйдёт
3. придёшь	3. уйдёте
4. придёт	4. уйду́т
5. придёте	5. уйдёт
6. приду́	
7. приду́т	

頁59 ： 22

1. прие́дем, посмо́трим
2. прие́ду, позвоню́, расскажу́
3. прие́дет, бу́дет купа́ться, загора́ть
4. прие́дут, бу́дут ката́ться
5. прие́дешь, уви́дишь
6. прие́дете, бу́дете изуча́ть

頁61 ： 24а

1. идёшь, иду́, хо́дишь, хожу́
2. идём, хо́дите, хо́дим
3. е́дете, е́дем, е́зжу, е́здим
4. Ездили, е́хали

頁62 ： 25

1. Оле́г спроси́л Иру, как зову́т но́вую студе́нтку.

   Ира сказа́ла, что она́ не зна́ет, потому́ что её вчера́ не́ было на уро́ке.

   Она́ посове́товала Оле́гу спроси́ть их преподава́теля, потому́ что он до́лжен знать.

2. Игорь сказа́л Ната́ше, что вчера́ он ви́дел по телеви́зору изве́стного тенниси́ста Мара́та Са́фина.

   Ната́ша сказа́ла, что у неё есть его́ авто́граф.

   Игорь спроси́л Ната́шу, когда́ и где она́ взяла́ тако́й ре́дкий авто́граф.

   Ната́ша сказа́ла, что на стадио́не «Дру́жба» в Москве́.

3. Андре́й спроси́л Никола́я, что он лю́бит чита́ть.

   Никола́й сказа́л, что он обы́чно чита́ет детекти́вы и лю́бит чита́ть кни́ги Бори́са Аку́нина.

   Андре́й спроси́л Никола́я, како́й после́дний рома́н Бори́са Аку́нина он чита́л.

   Никола́й сказа́л, что неда́вно он прочита́л его́ рома́н «Внекла́ссное чте́ние».

4. Джон спроси́л То́ма, кого́ он ждёт здесь.

   Том отве́тил, что он ждёт своего́ ста́ршего бра́та.

   Джон спроси́л То́ма, куда́ они́ иду́т.

   Том отве́тил, что они́ иду́т покупа́ть но́вую маши́ну, потому́ что его́ брат согласи́лся помо́чь ему́.

5. Мари́я спроси́ла Ольгу, в како́м году́ Ломоно́сов основа́л Моско́вский университе́т.

   Ольга сказа́ла, что она́ забы́ла. Она́ посове́товала Мари́и спроси́ть их преподава́теля, потому́ что он всё зна́ет.

頁63 ： 27

1. Молодо́й челове́к: – Скажи́те, пожа́луйста, где я могу́ вы́брать мужско́й костю́м?

   Продаве́ц: – Мужски́е костю́мы мо́жно купи́ть в э́том магази́не на второ́м этаже́.

2. Студе́нты: – Скажи́те, пожа́луйста, ско́лько сто́ит проездно́й биле́т на все ви́ды тра́нспорта?

Преподава́тель: – Я не зна́ю то́чно, ско́лько сто́ит проездно́й биле́т на все ви́ды тра́нспорта.

3. Преподава́тель: – Почему́ ты не чита́ешь текст?

Студе́нт: – Я забы́л свой уче́бник до́ма.

頁64：28

1. На вы́ставке я купи́л карти́ну, кото́рую нарисова́л молодо́й худо́жник.
2. В це́нтре го́рода нахо́дится ста́рое зда́ние, кото́рое постро́ил изве́стный архите́ктор.
3. Официа́нт предложи́л мне блю́до, кото́рое я ещё не про́бовал.
4. В аудито́рию вошёл преподава́тель, кото́рого мы все лю́бим.
5. Я встре́тил шко́льную подру́гу, кото́рую я давно́ не ви́дел.
6. Анто́н е́здил на автомоби́ле, кото́рый ему́ подари́ли роди́тели.
7. В газе́те я прочита́ла статью́ изве́стного писа́теля, кото́рого мы пригласи́ли на ве́чер.
8. Я купи́л кни́гу, кото́рую я до́лго иска́л.

頁64：29

1. кото́рый
2. кото́рого
3. кото́рую
4. кото́рое
5. кото́рую
6. кото́рый
7. кото́рого
8. кото́рую

УРОК 3 第三課

一 課文譯文及單詞

頁85：12a

禮物

人們在自己的一生中都會贈送和收到禮物，比如在生日、新年、耶誕節、三八婦女節時都會贈送和收到禮物。這是令人愉快的傳統。我們互相贈送紀念品、書籍、鮮花、糖果、明信片。有時還經常有貴重的禮物，比如汽車、寶石、旅行……

但是俄羅斯人經常說：「最主要的不是禮物，而是心意。」

不久前著名歌星伊琳娜·薩爾特科娃從她自己的朋友那裡收到一份特殊的禮物。他真的把一顆星星送給了她，這顆星是科學家不久前發現的。這個年輕人在莫斯科天文館買下了這顆星星，並以伊琳娜的名字為它命名。現在這顆星星是莫斯科著名女歌星的私有財產。

天文學家不斷地發現新的星星。如果您想擁有自己的星星，您也可以在莫斯科天文館裡買到它，並給它起任何名字。

單詞

дари́ть	未	(кому́-чему́ кого́-что) 贈送
подари́ть	完	
рождество́	中	① (第一個字母大寫) 耶誕節
		②耶穌誕生
тради́ция	陰	①傳統
		②風俗，慣例
сувени́р	陽	①（作紀念的）禮物
		②（旅遊）紀念品，藝術品
конфе́ты	複	糖果
откры́тка	陰	明信片，美術明信片
бриллиа́нт	陽	（加過工的）金剛石，鑽石
путеше́ствие	中	旅行，旅遊
внима́ние	中	①注意，注意力
		②關懷，照顧，體貼
певи́ца	陰	女歌手
необы́чный	形	不同尋常的，不一般的

настоя́щий	形	①現在的，目前的 ②真的，真正的
звезда́	陰	①星，星座 ②明星，名人
планета́рий	陽	天文館
со́бственность	陰	財產，所有物
астроно́м	陽	天文學家

⊙ 人名

Ири́на Салты́кова　伊琳娜‧薩爾特科娃

頁89：16a

幸福的年齡

　　現代心理學家們說，每個人一生中有兩個幸福的年齡階段。

　　第一個是在15歲時，年輕人的生活剛剛開始。少年和女孩們暢想著未來，制定著計劃，想著自己的學業和有趣的工作。正是在這個時候人們開始戀愛，這是初戀的年齡。

　　第二個是在70歲時。正是在這個年齡階段老年人開始為自己生活。許多人已經退休。他們有足夠的空閒時間，因為不用每天工作。孩子們也已經成年並獨立生活。

　　有些人開始旅遊，還有些人對藝術、戲劇、音樂產生興趣，要知道從前他們沒有那樣的機會，可是現在他們可以實現自己童年和青年時期很久遠的夢想。在這個年齡，一些上年紀的人甚至遇到了自己新的戀人，迎娶或者出嫁。

單詞

психо́лог	陽	心理學家
во́зраст	陽	年齡，年紀，歲數
ю́ноша	陽	男青年，青年人，少年
план	陽	①平面圖 ②計畫，規劃 ③提綱，綱要
и́менно	語	正是，就是，恰恰是
пе́нсия	陰	養老金，退休金，撫恤金
доста́точно	副	①足夠，充分 ②(用作無人稱謂語) (кого́-чего́) 夠（用），足夠
ежедне́вный	形	①每日的，每天的 ②日常的，經常的
взро́слый	形	①成年的 ②(用作名詞) 成年人，大人
самостоя́тельно	副	獨立地，自主地

не́который	代，不定	①某，某一 ②不多的，不大的 ③ (只用複數) 一部分
увлека́ться увле́чься	未 完	(кем-чем) 迷戀，酷愛
возмо́жность	陰	①可能性 ②機會；可能 ③ (只用複數) 潛力；資源
реализова́ть	完 未	(что) ①（使）實現，實施，實行 ②銷售，變賣
жени́ться	完 未	(на ком)（男子）結婚，娶妻

3

頁95：25a

罕見的博物館

　　您知道世界上有各種各樣的博物館嗎？有特別罕見且非常有趣的博物館。比如，在莫斯科的小德米特洛夫街有一座獨一無二的木偶博物館。這個博物館的館長，藝術家尤莉婭‧維什涅夫斯卡婭説，她的收藏中有5千個陳列品。當您來到這座博物館，您會沉浸在一個童年世界裡。

　　在德國的柏林有一座小狗博物館。這座博物館裡能看見許多木質的、金屬的和陶製的小狗。

　　在荷蘭的阿姆斯特丹有一座貓博物館，是由荷蘭人羅伯特‧邁爾在1990年創建的，那一年他心愛的棕黃色公貓死了。在莫斯科也有一座貓博物館。原因是顯而易見的，因為人們總是喜歡貓和狗，但是人們從來不曾喜歡老鼠。不過在俄羅斯伏爾加河流域卻有一座古老的鼠城，在這座城市裡有世界上唯一一座鼠博物館。有48個國家把許多老鼠贈送給了這座博物館，當然不是活的老鼠，而是玩具。

　　德國居民特別喜歡博物館。在星期六或者星期日，如果外面下雨了，可以去哪呢？當然去博物館了。在柏林的德國技術博物館人們能夠看到十七至二十世紀非常有趣的陳列品：這裡有許多自行車、汽車、車子、火車和蒸汽機車，甚至還有幾架飛機。在博物館的收藏品中有1820年的稀有陳列品——木質自行車。它的重量是26公斤。

　　世界上博物館的數量正不斷增加。現在已經有照相機、雨傘、茶壺、筆、鐘錶、眼鏡、禮品博物館了。

單詞

ре́дкий	形	稀的，稀疏的，罕見的
существова́ть	未	①生存；有，存在 ② (чем或на что) 靠……生活，以……維持生活
уника́льный	形	獨一無二的，無雙的
ку́кла	陰	娃娃，木偶
колле́кция	陰	（整套的、成套的）搜集品，收藏品

попада́ть	未	① (чем в кого́-что) 打中，命中
попа́сть	完	② (во что) 進入
скульпту́ра	陰	①雕塑術
		② 集 雕刻品，雕塑品
кера́мика	陰	①陶器工業；製陶術
		② 集 陶器
ко́шка	陰	貓；雌貓
создава́ть	未	① (кого́-что) 創造（出），建立
созда́ть	完	② (что) 製造；造成
голла́ндец	陽	荷蘭人
ры́жий	形	紅黃色的，棕黃色的
кот	陽	公貓
мышь	陰	鼠，耗子
еди́нственный	形	①唯一的，只有一個的
		② (只用複數) 只有幾個的，僅有的
игру́шка	陰	玩具；玩物
те́хника	陰	①技術；工程學
		②技能，技巧，技藝
экспона́т	陽	陳列品，展（覽）品
парово́з	陽	蒸汽機車，火車頭
вес	陽	重，重量；分量；體重
постоя́нно	副	經常地
зо́нтик	陽	傘
ча́йник	陽	茶壺，水壺

⊙ 人名

Ю́лия Вишне́вская 尤莉婭·維什涅夫斯卡婭

Ро́берт Ма́йер 羅伯特·邁爾

⊙ 國名和地名

Ма́лая Дми́тровка 小德米特洛夫街

Голла́ндия 荷蘭

Амстерда́м 阿姆斯特丹

> 頁98：26б

報社來信

第一篇：我的老朋友有一個非常有趣的嗜好。他收集明信片。在我朋友的收藏品中有一些稀有的十九世紀的明信片。十二月五日是我朋友的生日。我想送給他一個好的禮物。請問，我在哪裡能買到老明信片？

第二篇：我新交的女朋友從來都沒有空。我非常喜歡她，但是我和她經常吵架，因為她在約會的時候總是遲到。星期六我在大劇院附近等了她整整一個小時。也許，我們該分手了？你們説呢？

第三篇：我聽説，著名的音樂團體「伊萬努什卡國際組合」發行了新唱片。「伊萬努什卡國際組合」是我朋友喜愛的團體。請問，這個團體的新唱片首發在什麼時候，在哪裡發行？

第四篇：我有兩個兒子。我的大兒子在美術學院就讀，這座美術學院離我們家不遠。所有人都説，我的大兒子非常有天賦。他畫畫非常好。我的小兒子有一副好嗓子，音感極佳。他很喜歡音樂。所有人都説，他應該到音樂學院就讀。但遺憾的是，在我們的社區沒有音樂學校。請給點建議，這種情況下我們應該怎麼做？

第五篇：我和丈夫非常喜歡歌手娜塔莎‧科蘿廖娃。她有一副悦耳的嗓音。我們喜歡聽並且唱她的歌曲。有一天，我們去聽娜塔莎‧科蘿廖娃的音樂會，甚至拿到了我們喜歡的這位歌手的親筆簽名。我們非常想再一次看到她並聽到她的歌聲。我們很願意觀看電視轉播她所有的演唱會。但是，遺憾的是，最近一段時間她都沒有在任何地方演出。請告訴我，發生什麼事了？

第六篇：俄羅斯國家圖書館閉館維修。請問，國家圖書館什麼時候開館？我寫畢業論文，非常想在那裡學習，因為那裡有我所需要的所有學術文獻。

單詞

хо́бби	中 不變	業餘愛好，嗜好
девятна́дцатый	數	(順序數詞) 第十九
дека́брь	陽	十二月
рожде́ние	中	①誕生，產生 ②（過）生日
подру́га	陰	女朋友，女伴
свобо́дный	形	自由的
ссо́риться поссо́риться	未 完	(с кем) 爭吵，發生口角
опа́здывать опозда́ть	未 完	①遲到，未趕上 ② (с чем或接動詞原形) 耽誤，誤期
свида́ние	中	①會見，會晤 ②約會
расстава́ться расста́ться	未 完	(с кем-чем或無補語) 離別，分手
диск	陽	圓盤；圓板；圓片
презента́ция	陰	首發式，首映式
ста́рший	形	①年長的 ② (用作名詞) 成年人
худо́жественный	形	藝術的；美術的；文藝的
учи́лище	中	學校（指某些中等專業學校和高等學校）
тала́нт	陽	天才；才能

мла́дший	形	①年紀較小的，年紀最小的 ②（級別、職位等）較低的，下級的
слух	陽	聽覺
райо́н	陽	地區；區域；區
сове́товать	未	
посове́товать	完	(кому́，接動詞原形) 出主意，建議；勸告
ситуа́ция	陰	形勢，局勢，情況；情節
певи́ца	陰	女歌手
конце́рт	陽	音樂會，演奏會，歌舞演出
авто́граф	陽	①親筆題詞，簽名 ②手稿，真跡
сожале́ние	中	① (о ком-чём) 惋惜，遺憾 ② (к кому́-чему́) 可憐，憐憫
закрыва́ть	未	
закры́ть	完	關閉，蓋上，蒙上
ремо́нт	陽	修理
диссерта́ция	陰	學位論文

◉ 音樂團體名稱和人名

Ива́нушки International 伊萬努什卡國際組合

Ната́ша Королёва 娜塔莎·科蘿廖娃

頁99：26в

《我的家庭報》回信

1. 著名的音樂團體「伊萬努什卡國際組合」新專輯發表會於十二月8日將在共青團大街上的莫斯科青年宮舉行，票可以在售票處購買。

2. 莫斯科著名歌手娜塔莎·科蘿廖娃生了一個兒子。我們報社的編輯部祝賀娜塔莎兒子的出生，並祝願她身體健康，生活幸福。現在娜塔莎感覺非常好。她將很快重返舞臺。

3. 十九世紀的老明信片和二十世紀初期、中期的明信片在莫斯科任何一家舊書店都能夠買到。收藏家們非常喜歡老阿爾巴特街上的舊書店。有經驗的售貨員會幫助您挑選好的禮物。

4. 如果您的小孩想學習音樂，而在你們的社區內又沒有音樂學校，建議您找一位好老師，給您的小孩上個人音樂課。

5. 如果您喜歡您的女朋友，我們不建議您和她分手。所有的女孩子約會都遲到！

6. 的確，俄羅斯國家圖書館現在正在維修。遺憾的是，我們沒有什麼時候圖書館開館的訊息。

單詞

дворе́ц	陽	宮殿，宮廷
проспе́кт	陽	大街，大馬路

кácca	陰	收銀機；售票處
редáкция	陰	校閱，校訂，編輯
желáть	未	(когó-что, чегó，接動詞原形或接連接詞чтóбы) 願意，希望，渴
пожелáть	完	望；想要
сцéна	陰	①戲臺，舞臺 ②（劇中的）一場，一場戲
середúна	陰	（某地點的）中心，中間，中央，中部
букинистúческий	形	販賣古舊書的，古舊書商的
продавéц	陽	①賣主，販賣人 ②售貨員；店員
чáстный	形	①部分的，局部的 ②個人的，私人的 ③私有的，私營的
действúтельно	副	的確，確實
информáция	陰	資訊，訊息

3

頁103：34a

午夜鈴聲

夜裡，電話鈴聲叫醒了我。我看了看錶。正好是半夜3點。電話響個不停。

「這麼晚了是誰呀？」我心想，拿起了話筒，聽到了媽媽的聲音。

「兒子，是你嗎？」

「是的，媽媽，是我。發生了什麼事？」

「沒什麼，今天是你生日。你記得嗎？」

「當然，我記得。可是為什麼這麼晚打電話給我？」

「我想祝你生日快樂。」

「妳在半夜3點打電話給我，吵醒我，就是為了祝我生日快樂？！」

「是的，因為30年前的今天你也在半夜3點吵醒了我。我給你打電話是為了報復你。」

單詞

ночнóй	形	夜間的
звонóк	陽	鈴
будúть	未	(когó) 叫醒，喚醒
разбудúть	完	
телефóн	陽	電話；電話機
рóвно	副	恰好，完全，仿佛
подýмать	完	(о ком-чём, над чем) 想一想，思考一下
трýбка	陰	①聽筒，耳機，小管子，小筒 ②煙斗

го́лос	陽	①聲音 ②嗓子，嗓音 ③聲部；旋律
случа́ться случи́ться	未 完	(不用一、二人稱) 發生
поздравля́ть поздра́вить	未 完	(кого́ с чем) 祝賀，恭喜
рева́нш	陽	（戰敗後的）報復，復仇

頁108：39a

給我打電話……

已經是夏天了，大學生們開始放暑假了。格里沙起得很早。他心情很好。他想，現在他將有許多空閒時間了，因為假期已經開始了。格里沙決定去俯首山。年輕人總是聚集在那裡玩輪滑，而格里沙不久前剛買了新的輪滑鞋。

這時一個老朋友打電話給他，建議他去照相館工作一段時間。格里沙就讀於莫斯科一所學院的藝術系四年級，因此他的攝影技術很棒。

格里沙同意了。格里沙想：「好吧，輪滑往後等一等吧。考試已經結束了，後面還有很長的假期，以後再玩吧！」

他去了莫斯科市中心的一條大街，他朋友工作的照相館位於這條大街上。格里沙工作了一整天，非常累。他見到了不同的人，老老少少，和他們交談，對他們提出的各種問題給予解答。格里沙已經想快點下班離開這個小房間了，但是這時候又走進來一個人。

這是一位十七歲左右的女孩，她要照一張新的護照照片。格里沙認真地看著這位女孩。她是一位不同尋常的、令人震驚的漂亮女孩。她人很溫和，一雙綠眼睛和一頭長長的金髮。

「你為什麼那麼奇怪地看著我？」女孩問。

「因為從沒有見過比妳更漂亮的女孩！」格里沙唱了一句家喻戶曉的歌詞。「妳是平面模特兒吧？」

「不，當然不是。」女孩笑了一下，「總之我不喜歡攝影。」

「那妳喜歡什麼？」

「我喜歡玩輪滑。今天我正想去俯首山。我經常在那玩。」

「那麼，我們可以一起去嗎？」

「當然，我給你打電話……」

格里沙拍完照。女孩站起來很快離開了。

這位陌生的漂亮女孩的照片兩天後就洗出來了。但是女孩沒有來取。在哪裡能夠找到她呢？格里沙既不知道她的名字，又沒有她的電話號碼，也不知道她的住家地址。一週過去了，又一週過去了，女孩還是沒來。後來照相館關門裝修了。

格里沙把女孩的照片帶回家，在家裡他自己洗了幾張大照片。每天他都去俯首山，尋找這位女孩，為了把照片還給她，但是她並沒有到那裡去。

有一天，格里沙在報紙上讀到一則消息，一個大公司舉辦最佳手機廣告徵集競賽。格里沙決

定參加比賽。他坐在自己的電腦前工作了一夜，但是仍沒有好的構思，桌子上電腦旁邊放著女孩的照片，第一張照片她是憂鬱的，第二張是快樂的，第三張是沉思的⋯⋯

為什麼她沒來呢？他突發奇想，女孩的臉、手機和廣告詞：「給我打電話，打電話⋯⋯」

格里沙獲得了比賽的勝利。大廣告公司邀請他去工作。他的廣告隨處可見：在街上、在地鐵裡、在地鐵站旁、在莫斯科中心。在俯首山也立著一個大看板。一天晚上已經很晚了，格里沙來到了俯首山，爬到看板架上，用染料在看板上寫下了自己的電話。

他等了十天，她也沒來電話。格里沙去海邊休息了兩周。

回來後，為了開始工作，他立刻去了招聘他的公司。當格里沙進去的時候，他簡直不敢相信自己的眼睛，陌生女孩在那裡。她也看見了格里沙並走到他面前。

「一周前我到了俯首山，看見了看板上的照片和電話號碼，於是就一直從早到晚打電話給你，但是你沒在家，」女孩説，「你的廣告播出後，這個公司聘請我當平面模特兒。」

「卡佳！我們要工作了！」隔壁的攝影師喊了起來。

「再見！我會打電話給你。」卡佳説。

「哦，不！」格里沙笑了起來，「我等妳的電話等了那麼久！現在我們要一起工作！」

單詞

звони́ть	未	① (во что或無補語) 按（鈴）
позвони́ть	完	② （鈴、鐘）響，打電話
настрое́ние	中	(常帶定語) 情緒，心情
кани́кулы	複	（學校或某些國家議會的）假期；假
ро́лик	陽	（小）滑輪；小輪；輥子
ро́ликовый	形	滾柱的；滾棒的
предлага́ть	未	① (что)提供
предложи́ть	完	② (кого́-что，接動詞原形) 建議
порабо́тать	完	工作一陣（或一會兒）
фотоателье́	中 不變	照相館；攝影棚
четвёртый	數	(順序數詞) 第四
соглаша́ться	未	① (на что) 同意
согласи́ться	完	② (с кем-чем) 贊成
ла́дно	副	① (用作謂語) (кого́-чего́或接動詞原形) 夠了，行了
		② (用作肯定語氣詞) 行，可以
се́ссия	陰	會期，（某一會期中的）會議，（考試）期
зака́нчивать	未	(что) 完成，做完，結束
зако́нчить	完	
семна́дцать	數	十七；十七個
па́спорт	陽	公民證，身分證；護照
во́лос	陽	毛髮，頭髮
пе́ть	未	① (что或無補語) 唱，歌唱
спеть	完	② （鳥等）啼，鳴

стро́чка	陰	橫行，短行
фотомоде́ль	陰	平面模特兒
кру́пный	形	①大的；（尺寸、體積）大的 ②有名望的，重要的
рекла́ма	陰	廣告；海報，招貼；看板
компью́тер	陽	電腦
гру́стный	形	①憂鬱的，愁悶的，悲傷的 ②令人憂愁的
заду́мчивый	形	沉思的，若有所思的；令人沉思的
иде́я	陰	①思想，觀念 ②主意，念頭
моби́льный	形	移動通信的
выи́грывать	未	①(что)（抽籤）抽中；中彩
вы́играть	完	②(что) 贏，獲勝
аге́нтство	中	代辦處（所）；支行，分店
влезть	完	爬
влеза́ть	未	
щит	陽	（陳列、展覽用的）托板，架，盤
пока́	副	①一會兒；暫時；現在；至今 ②直到……（為止）

⊙ 人名

Гри́ша 格里沙

Ка́тя 卡佳

⊙ **地名**

Покло́нная гора́ 俯首山

🈁 語法

1. 名詞單數第二格的變化（代詞、形容詞與名詞連用，請參考《走遍俄羅斯2》第三課的表1、表
   2、表5及本《自學輔導手冊》第一課內容）

		откýда	結尾（оконча́ние）
Он прие́хал	из Нанки́на (Нанки́н)		硬子音加-а
	из Шанха́я (Шанха́й)		-й變-я
	из Сиа́ня (Сиа́нь)		-ь變-я（陽性）
	из Ива́нова (Ива́ново)		-о變-а
	из Пово́лжья (Пово́лжье)		-е變-я
	из Москвы́		-а變-ы
	из Росси́и		-я變-и
	из Сиби́ри		-ь變-и（陰性）

3

2. 第二格的意義和用法

   1）用在名詞之後，表示事物的特徵、所有者、作者等，漢語常用「……的」表示其意義。例
      如：

   > кварти́ра **рабо́чего** 工人的住宅
   > высота́ **де́рева** 樹的高度
   > уче́ние **Копе́рника** 哥白尼的學説

   2）與нет、не́ было、не бу́дет等詞連用，表示不存在的事物。例如：

   > За́втра не бу́дет **дождя́**.
   > 明天沒有雨。
   > Не́ было тогда́ **цветны́х телеви́зоров**.
   > 那時並沒有彩色電視機。
   > Пока́ нет **вопро́сов**.
   > 暫時沒有問題。

   3）要求第四格的及物動詞，當與語氣詞не連用時，原第四格客體改用第二格，試比較：
      Чита́йте э́ту кни́гу.（讀這本書吧。）－ Не чита́йте э́той кни́ги.（不要讀這本書。）

   > Я не по́нял **ва́шего вопро́са**.
   > 我不懂您的問題。

   4）與及物動詞構成的動名詞連用，表示動作客體，如чте́ние кни́ги = чита́ть кни́гу（讀書）
      。例如：

По оконча́нии **институ́та** Ни́на ста́ла врачо́м.
大學畢業後，尼娜當了醫生。

5) 與基數詞（5以上）（оди́н以及末尾數為оди́н的數詞除外）以及мно́го、ма́ло、ско́лько、не́сколько等詞連用，表示被計數的事物，名詞用複數第二格。例如：

Ско́лько ме́сяцев в году́?
一年有幾個月？
У него́ **мно́го книг**.
他有好多書。
Сейча́с **4 часа́ 15 мину́т**.
現在4時15分。

6) 與前置詞у、с、из、от、по́сле等連用
(1) у：在……那裡，……有，……沒有

У сестры́ нет биле́та в кино́.
姊姊沒有電影票。
У кого́ есть телеви́зор?
誰那兒有電視？
У него́ не́ было де́нег.
他沒帶錢。

(2) с：從……，從……回來，從……時候起

Сестра́ верну́лась **с фа́брики**.
姊姊從工廠回來了。
С утра́ шёл дождь.
從早上就下雨。

(3) из：從……（回答отку́да的問題）

Он прие́хал **из Шанха́я**.
他從上海來。
Я узна́л об э́том **из газе́т**.
我是從報紙上知道這件事的。

(4) от：從……（某處）（回答отку́да的問題），從……（某人那裡）（回答от кого́的問題）。例如：

> Поезд отошёл **от станции** в 8 часов.
>
> 火車8點鐘離開了車站。
>
> Я получил письмо **от матери**.
>
> 我接到了母親的來信。

(5) после：在⋯⋯以後，在⋯⋯之後

> **После работы** все пошли домой.
>
> 下班後大家都回家了。

7) 按照俄語的習慣，表示年、月、日的次序是日、月、年。要表示「在某年某月某日」時，年、月、日（俄語是日、月、年）全部用第二格形式。例如：

> Горький родился 28 (двадцать **восьмого**) марта 1868 (тысяча восемьсот шестьдесят **восьмого**) года, и умер 18 (**восемнадцатого**) июня 1936 (тысяча девятьсот тридцать **шестого**) года.
>
> 高爾基生於1868年3月28日，卒於1936年6月18日。

3. 帶目的從句的主從複合句

目的從句指出行為的目的，回答зачем（為什麼）、с какой целью（帶有何種目的），常用連接詞чтобы與主句連接。例如：

> ① Врачи сделают всё, чтобы **больной** скорее **поправился**.
>
> 為使病人儘快康復，醫生們將竭盡全力。
>
> ② Врачи сделают всё, чтобы **спасти** больного.
>
> 為了挽救病人生命，醫生們將竭盡全力。

要注意的是：當主句與從句的行為是屬於同一主體時，從句中的行為用不定式表示，句中不再出現表示行為主體的成分，如上例②，因為「做出」（сделать）和「挽救」（спасти）這兩個行為是同一主體醫生（врачи）發出的，所以從句中行為就用了不定式спасти。

當主句與從句的行為不屬於同一主體時，從句要有主語，而謂語要用過去時形式。試比較：

> Я пришёл, чтобы **рассказать** вам об этом.
>
> 我來是為了給你們講講這件事。
>
> Я пришёл, чтобы **вы рассказали** мне об этом.
>
> 我來是讓你們給我講講這件事。

主句	從句
同一主體	
	1) 無主語； 2) 行為用不定式表示。

主句	從句
主體A	主體B
	1) 有主語； 2) 謂語要用過去時表示。

如果從句是無人稱句，其主要成分（謂語）也要用過去時形式。例如：

> Я дал ребёнку кни́жку с карти́нками, что́бы ему́ **не́ было** ску́чно.
> 我給孩子一本帶插圖的書，以使他不感到寂寞。
> Что́бы **написа́ть** докла́д, ему́ ну́жно два дня.
> 為了寫出報告，他需要兩天時間。
> Что́бы **стро́ить**, на́до знать, на́до овладе́ть нау́кой.
> 要建設，就要有知識，就要掌握科學。

在帶目的從句的複合句中，為了強調目的，主句中常加指示詞**для** того́與從句中**что́бы**相呼應。例如：

> Я пришёл к вам **для того́**, что́бы с ва́ми поговори́ть.
> 我到您這兒來是為了和您談談。
> Я пришёл не **для того́**, что́бы спо́рить с ва́ми.
> 我來不是和你爭論的。

目 練習題參考答案

頁86：13

Кака́я э́то кни́га?
Это кни́га изве́стной ру́сской писа́тельницы.

Како́й кни́ги нет у тебя́?
У меня́ нет кни́ги изве́стной ру́сской писа́тельницы.

Каку́ю кни́гу ты хо́чешь купи́ть?
Я хочу́ купи́ть кни́гу изве́стной ру́сской писа́тельницы.

В како́й кни́ге есть э́тот расска́з?
Этот расска́з есть в кни́ге изве́стной ру́сской писа́тельницы.

Какую книгу ты ищешь?

Я ищу книгу известной русской писательницы.

О какой книге ты узнал?

Я узнал о новой книге известной русской писательницы.

Какая книга тебе нравится?

Мне нравится новая книга известной русской писательницы.

頁87：14

Какая библиотека?

Какое здание?

Какой дом моды?

Чья семья?

Какие студенты?

Какой музей?

Чьи украшения?

Чьё письмо?

Какая река?

Чья картина?

頁100：29

Утром я видел своего друга, которого не было вчера в университете.

Я хочу купить сумку, которой нет в этом магазине.

Вот фотография моего друга, от которого я получил вчера письмо.

Антон ходил в кино с другом, у которого был лишний билет.

Я хочу поздравить свою подругу, у которой скоро будет свадьба.

Я ещё не смотрел этот спектакль, с которого сейчас вернулись мои друзья.

Иван напишет статью о выставке, с которой он пришёл час назад.

Мне нужно поздравить свою младшую сестру, от которой я получил красивую открытку.

頁102：31

Николас едет в Россию, чтобы изучать русский язык.

Родные и друзья пришли на вокзал, чтобы проводить его.

Мама подарила Николасу мобильный телефон, чтобы он звонил домой каждую неделю.

Папа подарил своему сыну часы, чтобы он никогда не опаздывал на занятия.

Бабушка принесла любимому внуку тёплый шарф, чтобы он не болел в России.

Дедушка принёс свой старый фотоаппарат, чтобы внук сфотографировал интересные памятники в Москве.

Любимая подруга подарила Николасу свою фотографию, чтобы он не забывал её в России.

Друг принёс футбольный мяч, чтобы Николас занимался спортом.

頁103：33

игра́ть

игра́л

прочита́ть

прочита́ла

пригото́вила

пригото́вить

встре́тил

встре́тить

頁104：35

1. Что́бы хорошо́ рабо́тать, на́до хорошо́ отдыха́ть.

2. Что́бы знать иностра́нный язы́к, на́до говори́ть на э́том языке́.

3. Что́бы получи́ть студе́нческий биле́т, на́до принести́ фотогра́фию.

4. Что́бы откры́ть дверь, на́до найти́ ключ.

5. Что́бы стать чемпио́ном, на́до тренирова́ться ка́ждый день.

6. Что́бы узна́ть Москву́, на́до уви́деть её свои́ми глаза́ми.

7. Что́бы поня́ть нау́чную статью́, ну́жно прочита́ть её не́сколько раз.

8. Что́бы име́ть ве́рного дру́га, на́до уме́ть дружи́ть.

一 課文譯文及單詞

頁120：76

安娜·阿赫瑪托娃

　　安娜·阿赫瑪托娃是俄羅斯詩壇上一顆閃亮的明星。她的詩歌在俄羅斯家喻戶曉並深受愛戴。

　　安娜·阿赫瑪托娃第一本詩集叫做《黃昏》。這本書1912年在俄羅斯出版。那時年輕的詩人只有23歲。這是一位年輕、美麗、聰明、才華橫溢，且已經非常知名的女詩人，她在自己的詩中描繪愛情。天才作曲家為她的詩歌譜曲，最優秀的詩人為這位不尋常的女性獻詩。阿赫瑪托娃長得非常漂亮、楚楚動人。

　　許多著名畫家都為她畫了肖像。在莫斯科文學博物館有200多張她的肖像畫和照片。安娜·阿赫瑪托娃長期生活在彼得堡，這裡也有她的博物館。

　　安娜·阿赫瑪托娃一生很艱難，但是豐富多彩。她總是有許多同甘共苦的朋友。這些朋友在她人生的艱難歲月幫助過她。

　　她不只在俄羅斯有朋友，在國外也有。比如，著名的義大利畫家亞美迪歐·莫迪利亞尼。他畫了最聞名的阿赫瑪托娃的肖像。安娜·阿赫瑪托娃把隨筆〈亞美迪歐·莫迪利亞尼〉獻給了自己的義大利朋友。她在隨筆裡講述了自己和他的友誼。

　　她把許多詩歌獻給自己的丈夫兼朋友——著名的俄羅斯詩人尼古拉·古米廖夫、親近的朋友——畫家鮑里斯·安列普和著名的英國學者、哲學家以賽亞·伯林。

　　安娜·阿赫瑪托娃是一個非常有愛心的人，並善於結交朋友。她也喜歡送禮物。她把自己的詩歌、書籍、簽名、肖像和她很珍貴的東西贈送他人。

　　下面就是關於她贈送禮物的兩個故事。

　　阿赫瑪托娃有一幅古老的俄羅斯聖像畫。聖像畫是在她長時間生病時，丈夫送給她的。聖像幫助了安娜·阿赫瑪托娃，她立刻感覺自己好多了，並且很快痊癒了。安娜·阿赫瑪托娃非常珍惜這幅神奇的聖像畫。

　　當她的朋友、作家伊琳娜·季莫舍芙斯卫婭重病時，安娜·阿赫瑪托娃把這幅聖像畫贈送給自己最好的朋友。神奇的聖像也幫助了這位生病的女士。

　　1914年，安娜·阿赫瑪托娃和畫家鮑里斯·安列普在彼得堡（當時已改名彼得格勒——譯者注）相遇。他們互相欣賞。冬天的一天，他們曾沿著冬日寒冷的彼得堡街道散步。他們在餐廳吃飯，聽音樂，互相讀自己的詩歌……當鮑里斯·安列普要去國外的時候，安娜·阿赫瑪托娃把一枚非常漂亮的戒指贈送給自己親密的朋友作為紀念。這枚戒指是安娜從自己的奶奶那裡收到的禮

物。這是一枚古老的鑽戒。

「拿著。」她說，「這給您。您走吧，我們再也不會見面了。」

「我一定回來。」他說。

1916年鮑里斯・安列普去了英國，再也沒回到俄羅斯。長久以來，他一直珍藏著安娜・阿赫瑪托娃贈送給他的這枚戒指。他在國外經常回憶起她。在給朋友的信裡，鮑里斯・安列普寫道：「對我而言，安娜・阿赫瑪托娃就是整個俄羅斯。」

48年後，他們終於在巴黎相遇了。1964年安娜・阿赫瑪托娃去了國外。義大利國際文學獎頒給了這位著名的俄羅斯女詩人，同時她還獲得了英國牛津大學文學博士，然後她去了巴黎。那段時間鮑里斯・安列普也在那裡工作。他去看望了安娜・阿赫瑪托娃。他們再度相逢了，回憶他們的青春歲月，暢談文學，回憶彼得堡的生活，回憶朋友們……這是他們最後一次見面。

單詞

я́ркий	形	明亮的，晴朗的
поэте́сса	陰	女詩人
вырази́тельный	形	富有表情的（指臉、眼睛等）
прожива́ть	未	①(只用 完) 生存，活（若干時間）
прожи́ть	完	②(只用 完) 居住，生活（若干時間） ③что （維持生活）花費
грани́ца	陰	界線，邊界；國界
знамени́тый	形	有名的，著名的
о́черк	陽	①特寫，隨筆 ②概論，概要，綱要
фило́соф	陽	①哲學家 ②思想家，學者
ико́на	陰	聖像
выздора́вливать	未	痊癒，復原
вы́здороветь	完	
чудоде́йственный	形	有神效的，有特效的
кольцо́	中	（常指金屬的）環，圈
золото́й	形	金的，金色的
пре́мия	陰	獎金；獎品
до́ктор	陽	①醫生，大夫 ②博士（學位）
умере́ть	完	死，消失
умира́ть	未	

⊙ 人名

Анна Ахма́това 安娜・阿赫瑪托娃

Амаде́о Модилья́ни 亞美迪歐・莫迪利亞尼

Никола́й Гумилёв 尼古拉・古米廖夫

Бори́с Анреп　鮑里斯・安列普

Иса́йя Берли́н　以賽亞・伯林

Ири́на Тимоше́вская　伊琳娜・季莫舍芙斯卡婭

⊙ 地名

Петербу́рг　彼得堡

Пари́ж　巴黎

頁131：16a

羅伯特：	「妳好，阿廖娜！我很久沒有見到妳了。今天晚上我能去找妳嗎？」
阿廖娜：	「不行，羅伯特，請原諒，今天晚上我非常忙。我要去看牙醫。」
羅伯特：	「太遺憾了，妳今天晚上那麼忙！那麼，我明天去妳那行嗎？」
阿廖娜：	「不行，不行，羅伯特，明天絕對不行。明天我要去中學朋友那做客。我們很久以前就已經約好了。」
羅伯特：	「那星期六？妳星期六有空嗎？」
阿廖娜：	「不行，羅伯特，星期六我一點兒時間也沒有。星期六我要去羅斯托夫我自己的姊姊那裡，她生了個兒子。」
羅伯特：	「下個星期如何？下星期三能到妳那裡去嗎？」
阿廖娜：	「不行，羅伯特。下星期三我正好要去醫院探望我親愛的叔叔。他90歲了。他現在身體感覺非常不好。」
羅伯特：	「那麼，下個月的星期一妳找個時間吧？」
阿廖娜：	「不行，羅伯特，下個月的星期一我要去老師那裡。他過生日，我一定要去祝賀他。」
羅伯特：	「春天？！讓我們春天見面吧。」
阿廖娜：	「春天？這不可能！春天我就要出嫁了。」

單詞

извини́ть	完 未	(кого́) 原諒，饒恕
за́нят	陽	(形容詞短尾) 忙
жаль	副	① (無，用作謂語) (кого́-что, чего́或接動詞原形) 可憐，憐憫
		② 插 遺憾，可惜
зубно́й	形	牙科的，牙的
догова́риваться	未	①談妥，約定
договори́ться	完	② (до чего́) 談到，說到（某種過分程度）
как ра́з		正好
за́муж	副	出嫁；嫁給

⊙ 人名

Алёна　阿廖娜

Ро́берт　羅伯特

戒指

　　海岸上站著一位女孩。她看著駛向岸邊的輪船。水手們下了輪船上了岸，進城裡去了。其中一位水手走到女孩面前，他們就這樣認識了。他們在一起度過了幾天。沿著夜空下的城市散步，沿著海岸漫步。輪船又出海了，於是他們互相通信。通信持續兩年。他們意識到，他們相愛了。

　　有一天，水手給女孩寫了一封信，他要到她這裡過耶誕節。女孩非常高興。她決定在耶誕節準備鵝肉和蘋果餡餅。但是，她的生活並不富裕。

　　於是，小女孩來到了珠寶店賣掉了自己的小金戒指。這個戒指是她媽媽送給她的。戒指不是很貴。賣戒指的錢剛好夠買鵝肉和蘋果。

　　這時水手也來到了女孩所生活的城市。他沿著喧鬧的商業街走著，看見了一間不大的珠寶店。他想到，在耶誕節兩手空空而來，沒有給自己喜歡的女孩買任何禮物。他走到商店的櫥窗前看見了最小的金戒指。他買下了它。

　　當水手來到自己喜歡的女孩面前，把戒指送給她，她非常驚訝。

　　「你在哪裡買了這枚戒指？」她問。

　　「我為妳買了這枚戒指。」水手回答。

單詞

кора́бль	陽	①艦；船 ②飛船；飛艇
матро́с	陽	水兵；水手
провести́	完	①度過（時間）
проводи́ть	未	②引過，領過
броди́ть	未	遊蕩，徘徊
перепи́сываться	未	(что) 互相通信
переписа́ться	完	
рад	形	(用作謂語)（кому́-чему́，接動詞原形）　對……（感到）高興，對……（感到）滿意
реша́ть	未	①決定，拿定主意
реши́ть	完	② (что) 解答出
приготá́вливать	未	① (когó-что) 準備好，預備好
пригото́вить	完	② (что) 做好（食物）
гусь	陽	鵝，雁
пиро́г	陽	（烤的、烙的）大餡餅（或包子）
ювели́рный	形	珠寶的，首飾的
продава́ть	未	(когó-что) 賣，出售
прода́ть	完	
шу́мный	形	嘈雜的，喧鬧的
торго́вый	形	商業的，商務的，貿易的

пустóй	形	空的；空閒的：空心的
витри́на	陰	（商店的）櫥窗

頁138：236

與一個陌生人的談話

在公車站，一個陌生人走到一位婦女面前並與她聊起來。

「您好！」

「您好！可是我不認識您。」

「我也不認識您，但是我完全準確地知道，您叫奧爾加‧伊萬諾芙娜。並且您姓尼基金娜。」

「如果不是祕密的話，可以告訴我您從哪裡知道這些的？」

「關於您的事情我知道很多。比如說，我知道您結婚了，您的丈夫45歲，他在銀行工作。是這樣嗎？」

「是的，是這樣的。」

「您的丈夫有一位上司，他叫伊萬‧伊萬諾維奇。昨天晚上伊萬‧伊萬諾維奇和他的年輕妻子到您家去做客。您準備了檸檬蛋糕，伊萬‧伊萬諾維奇和他的年輕妻子非常喜歡，您的丈夫當然也很喜歡。」

「啊……我猜到您怎麼知道這一切的。您和伊萬‧伊萬諾維奇或者他的妻子認識。」

「不，我不知道他們。我不認識伊萬‧伊萬諾維奇和他的妻子。但是我知道的還更多！我知道，您有兩個女兒。您的小女兒19歲了。她是一名大學生。現在您的小女兒需要用功讀書，因為很快就要考試了。而您的大女兒23歲。她已經嫁人了。她和丈夫租房子住。而她的丈夫，也就是您的女婿，為了支付房租，需要加倍的工作。而您的女兒需要更多的散步和休息，因為她要生小孩了。」

「您是幹什麼的，是間諜嗎？」

「不，瞧您說的？！我是數學家。但是我還可以告訴您，您現在要去您的老同學那兒，她是醫生。您想讓您的朋友到您的大女兒家，是為了……」

「夠了！足夠了！您是幹什麼的？會讀心術嗎？能讀懂別人的想法？」

「不，瞧您說的？！我不過和您在一輛公車裡待了二十分鐘而已。您一直都在和您的鄰座聊天。」

單詞

автóбусный	形	公共汽車的
останóвка	陰	①停止，制止，阻止 ②（說話、動作等的）停頓，間斷 ③公車站
совершéнно	副	完善地，完美地；極好地
тóчно	副	①精確地，準確地 ②(和 такóй、тот、так 連用) 完全，恰恰，正好
секрéт	陽	祕密；祕訣，竅門

муж	陽	丈夫
банк	陽	銀行
нача́льник	陽	首長；主任
лимо́нный	形	①檸檬（製）的 ②淡黃色的，檸檬色的
дога́дываться догада́ться	未 完	領悟；猜到
знако́мый	形	① (кому́) 熟悉的 ② (с кем-чем) 和……相識的
экза́мен	陽	① (по чему́) 測驗，考試 ② (на кого́-что) 考試
зять	陽	①女婿 ②姊夫；妹夫
шпио́н	陽	間諜，奸細；特務
матема́тик	陽	數學家
телепа́т	陽	會讀心術的人，擅長心靈溝通術的人
чужо́й	形	別人的，外人的
сосе́дка	陰	女鄰居（座）

⊙ 人名

Ольга Ива́новна 奧爾加・伊萬諾芙娜

Ива́н Ива́нович 伊萬・伊萬諾維奇

頁140：25a

兩千萬美元的夢想

2002年四月俄羅斯「聯盟TM-34」太空船飛向宇宙。飛船上坐著俄羅斯太空人和第二位太空遊客——從南非來的百萬富翁馬克・沙特爾沃思。

這個年輕人28歲。他從小就想成為一名太空人，夢想飛往宇宙。2001年秋天馬克來到了俄羅斯。

他在星城住了5個月。俄羅斯專家為了馬克的第一次太空遊做準備。

每天都為登上太空做著繁重的準備工作。馬克早上6點起床，做一種專門的早操，在跑步機上訓練，穿著短褲和足球衫沿著星城空曠寒冷的操場跑步，每隻手都帶著一隻錶。一隻錶指示時間，另一隻錶指示脈搏和心臟跳動。從早上九點到晚上六點馬克學習俄語，因為懂俄語是乘坐俄羅斯太空船飛行的必要條件。

飛行前馬克接受了俄羅斯暢銷報紙《論據與事實》的採訪。他給莫斯科記者講述了，他為什麼決定乘坐俄羅斯太空船飛往宇宙。因為在俄羅斯有提供普通人機會飛向宇宙的特別計劃，而在南非卻沒有那樣的計劃。

為了自己的太空遊，馬克支付給俄羅斯政府2000萬美元。這些錢是他自己賺的。年輕的南非商人非常幸運。他一開始從事電腦行業，然後建立自己的網路公司，在1999年成功地賣了這家公

司，賺了許多錢。

馬克‧沙特爾沃思說，他花費了那麼多錢不僅是為了實現理想。南非共和國的科學機構給了第二位太空遊客在太空飛行時進行一些科學實驗的任務。馬克‧沙特爾沃思順利地完成了實驗並取得了優異的成果。

單詞

до́ллар	陽	美元
косми́ческий	形	宇宙的；航太的；宇宙航行的
сою́з	陽	聯盟，同盟；聯合，結合
миллионе́р	陽	百萬富翁
полёт	陽	飛，飛行
подгото́вка	陰	①預備，訓練，培養 ②學識，知識；素養
специа́льный	形	專門（用途）的；特別的，特種的
тренажёр	陽	跑步機
стадио́н	陽	（設有固定看臺的）體育場
шо́рты	複	短褲
футбо́лка	陰	足球衫
пульс	陽	脈，脈搏
уда́р	陽	①打，擊，碰撞，衝擊 ②打擊聲，碰撞聲
се́рдце	中	心，心臟
усло́вие	中	①條件 ②（契約中約定的）條款
аргуме́нт	陽	論據，論點；理由
факт	陽	事實；現實，實際情況
бизнесме́н	陽	生意人
повести́	完	實行，進行，舉行
экспериме́нт	陽	①實驗，科學實驗 ②嘗試，試驗
отли́чный	形	極好的，出色的，優秀的
результа́т	陽	①結果，成果，效果 ②成績（常指運動員的）

◉ 人名

Марк Шаттелво́рс　馬克‧沙特爾沃思

◉ 國名

Ю́жная Африка　南非

一幅畫

　　瑪莎‧諾維科娃是國立莫斯科大學歷史系的學生。她以優異的成績通過了夏季考試，開始考慮到哪裡度假。女孩非常喜歡大海。瑪莎的奶奶奧爾加‧彼得蘿芙娜建議自己的孫女去克里米亞、雅爾達、黑海。瑪莎不想一個人去，因此她給自己的朋友列娜打電話，提議她一起去南方度假。列娜同意了。女孩們從來沒去過克里米亞，於是決定和瑪莎的奶奶聊一聊。女孩們到了奧爾加‧彼得蘿芙娜那裡，她給了她們很好的建議，告訴她們，最好去哪裡玩，在哪裡休息。從前，奧爾加‧彼得蘿芙娜年輕的時候，經常去南方。她喜歡雅爾達，這座位於海邊的城市。她非常喜歡南方美麗的大自然、風景如畫的克里米亞山峰、炎熱的太陽和溫暖的大海。

　　終於女孩們決定了：「去雅爾達！」她們買了火車票，很快地整理好行裝。兩天後，她們就到了克里米亞。在城市火車站瑪莎和列娜遇見了一位上了年紀的婦女。她建議她們在海邊可愛的小屋裡租一間房間。房間不貴，女孩們同意了。

　　她們每天在海灘跑步，晒太陽，游泳。過了一週列娜對自己的朋友說：「我很無聊，應該做點什麼！也許，我們應該進城？」這時，瑪莎想起了奶奶給她講過雅爾達城市博物館。博物館裡可以欣賞許多古老和現代的畫作，並可以瞭解這座城市的歷史。女孩們去了博物館。

　　在最大的展廳裡，瑪莎和列娜長時間認真地欣賞著名俄羅斯藝術家艾瓦佐夫斯基一幅幅出色的作品。

　　畫上是大海：寧靜的大海時而溫柔，時而暴躁，時而烏雲密布，時而凶悍。

　　在最後一個大廳裡，瑪莎走到一幅畫面前，她非常喜歡這幅畫：在大海附近的一塊大石頭上坐著一個小女孩。她看著清晨寧靜的大海，望著寂靜、深邃的水面，不知道在幻想著什麼。瑪莎站在那想：「大概她在想自己的戀人，等待著自己的那個帥氣王子，他很快就會來到她面前……」「哦，瑪莎，妳看，這個女孩長得非常像妳！」列娜喊起來，「只是妳留著淺色的短髮，而她卻梳著烏黑的長辮子。」的確，畫上的女孩非常像瑪莎，簡直一模一樣，怎麼回事？為什麼？很難理解！要知道，畫已經很舊了，畫家創作這幅畫的時間非常早，40年前。這是誰的畫像？畫上那麼像瑪莎的女孩是誰呢？這裡面隱藏著什麼樣的祕密！

　　當女孩們回到莫斯科家中，瑪莎給自己的奶奶講述了這幅令人感到奇怪的畫像，和它上面那個謎一樣的小女孩。

　　「這裡沒有任何祕密。」奧爾加‧彼得蘿芙娜說，「畫上的是我。這是我的畫像。」奧爾加‧彼得蘿芙娜開始給充滿好奇的孫女講述關於這幅畫的故事，也就是自己的故事。

　　「這是很久以前的事情了。當我24歲的時候，我和姊姊去雅爾達的海邊待了一個禮拜，像妳們一樣。我們休息，晒太陽，游泳。晚上我們沿著僻靜的海灘散步。在離我們不遠處的岸邊，有一位中年畫家在那裡作畫。他每天來到岸邊畫大海和山。偶爾，我們會走到畫家面前看他如何作畫。我們感到非常有趣。很快我們就和他認識了。他給我們講述了自己、自己的家庭、自己的工作。有一天，他說想給我畫一張畫。就這樣，這幅畫誕生了。」

　　「奶奶，如果不是祕密的話，告訴我，當畫家畫妳的時候，妳在想什麼呢？愛情嗎？」

　　「是的，關於愛情。在莫斯科有我的丈夫和我的小兒子──你的爸爸等著我。我非常愛他們，思念他們，並且希望快點返回莫斯科。」

　　「真有趣，可是為什麼妳的畫像不在妳這裡，卻在博物館？」

　　「因為當畫還沒有完成時，我就回到莫斯科了。我從來沒有給這位畫家寫信，再也沒有看見

他，也不知道，畫在哪裡。現在妳找到了它。當妳有孩子的時候，妳可以和他們一起去雅爾達，把我的畫像指給他們看，並給自己的兒子或者是自己的女兒們講述這個故事。」

單詞

студéнтка	陰	女大學生
истори́ческий	形	①歷史的 ②歷史上真實的，合乎實際情形的
внýчка	陰	孫女；外孫女
совéт	陽	（給別人出的）主意，建議；勸告，忠告
останáвливаться	未	①停，停住
останови́ться	完	② (на чём) 停留在
кры́мский	形	克里米亞半島的
пляж	陽	浴場；海濱浴場
загорéть	完	晒黑
загорáть	未	
купáться	未	洗澡，沐浴；游泳
скýчно	副	(用作無人稱謂語) 寂寞，無聊
зал	陽	廳，大廳
спокóйный	形	①平靜的，安靜的 ②安詳的
лáсковый	形	親暱的，溫存的
бýрный	形	有暴風雨的；多暴風雨的
злой	形	惡的；凶狠的；惡意的
ýтренний	形	早晨的，清晨的
голубóй	形	淺藍色的，天藍色的，蔚藍色的
принц	陽	（西歐的）親王，王子
косá	陰	髮辮，辮子
загáдочный	形	莫名其妙的，神祕的
никакóй	代，否定	任何的（都不），無論怎樣的（都不）
пусты́нный	形	①荒無人煙的，荒涼的 ②僻靜的
любóвь	陰	①愛 ②愛情 ③ (只用第一格形式) 戀人

⊙ **人名**

Мáша Нóвикова 瑪莎・諾維科娃

Ольга Петрóвна 奧爾加・彼得蘿芙娜

Лéна 列娜

И. К. Айвазóвский 艾瓦佐夫斯基

◉ **地名**

Крым　克里米亞

Ялта　雅爾達

二 語法

1. 名詞單數第三格的變化（代詞、形容詞與名詞連用，請參考《走遍俄羅斯2》第四課的表1及本《自學輔導手冊》第一課內容）

	к комý-чемý	結尾（оконча́ние）
Мы идём	к Антóну	硬子音加-у
	к Андрéю	-й變-ю
	к Игорю	-ь變-ю（陽性）
	к окнý	-о變- у
	к мóрю	-е變-ю
	к Анне	-а變-е
	к Та́не	-я變-е
	к Лю́шади	-ь變-и（陰性）
	к Ли́лии	-ия變-ии

2. 第三格的意義和用法

　　1) 與動詞連用作補語，回答комý-чемý的問題。這裡要區分兩種情況：

　　　　(1) 與及物動詞писа́ть、купи́ть、подари́ть、сказа́ть、дать等連用，表示給予的對象（用在「及物動詞＋когó-что＋комý-чемý」結構中）。例如：

> писа́ть **отцý** письмó
>
> 給父親寫信
>
> **Я** принесла́ **емý** кни́гу.
>
> 我把書帶給他了。

　　　　(2) 與動詞不定式、無人稱動詞、謂語副詞連用，表示主體。動詞不定式常與мóжно、на́до、нельзя́、нýжно連用，主體用第三格。例如：

> **Мне** на́до учи́ться.
>
> 我要學習。
>
> **Мне** мóжно здесь позвони́ть?
>
> 我能在這裡打電話嗎？
>
> **Мне** хóчется спать.
>
> 我想睡覺。

2) 與表示情態意義的副詞連用，主體用第三格。

> **Ему́** интере́сно.
> 他覺得很有趣。
>
> **Ей** бы́ло тру́дно.
> 她覺得很困難。
>
> **Больно́му** хо́лодно.
> 病人感覺很冷。

3. 與某些前置詞連用

要求第三格的前置詞常用的有к、по。

1) к表示「朝著……」、「向著……」，回答куда́、к кому́的問題。例如：

> Де́ти пошли́ **к реке́**.
> 孩子們向河邊走去。

前置詞к還可與表示時間的名詞連用，表示「將近……時」、「在……前不久」，回答когда́的問題。例如：

> **К утру́** пошёл дождь.
> 將近黎明時，下雨了。

2) по

(1)「沿著……」、「在……上」。例如：

> Они́ гуля́ют **по бе́регу** реки́.
> 他們在河邊散步。
>
> Парохо́д плывёт **по Во́лге**.
> 輪船航行在伏爾加河上。

(2) 與名詞複數第三格連用，表示「每逢……」，回答когда́的問題。例如：

> **По воскресе́ньям** у нас пока́зывают карти́ны.
> 每逢星期日我們這裡都播放電影。

(3) 表示行為的原因。例如：

> Он взял чужу́ю тетра́дь **по оши́бке**.
> 他錯拿了別人的筆記本。

(4) 表示行為的方式、手段。例如：

> **Нам сообщи́ли по телефо́ну.**
> 人們用電話通知了我們。

注：

①其中前置詞по、к與第三格連用都可以表示地點，但前置詞к表示運動方向，具有「向……」、「朝……」、「接近」的意思，回答куда的問題。前置詞по表示沿著物體表面的運動，具有「沿……」、「在……上」的意義，回答где的問題。

> – Куда́ бегу́т де́вочки?
> 「女孩子往哪兒跑？」
> – Они́ бегу́т к реке́.
> 「她們往河邊跑。」
> – Где молоды́е лю́ди?
> 「年輕人在哪裡？」
> – Они́ гуля́ют по бе́регу реки́.
> 「他們沿河岸散步。」

②前置詞к用來表示「接近……」的意義，常與帶前綴的運動動詞連用。例如：

> **Студе́нт подошёл к доске́.**
> 大學生走到黑板跟前。

③其中前置詞по、к與第三格連用都可以表示時間，但前置詞к具有「將近……時候」、「在……前不久」的意義，回答когда́問題，而по具有「每逢……」的意義，回答когда́的問題。

目 練習題參考答案

頁118：3

1. Молодо́й челове́к помо́г **пожило́й же́нщине** нести́ тяжёлые ве́щи.

2. Изве́стный режиссёр предложи́л **молодо́й актри́се** сыгра́ть но́вую роль в кино́.

3. Незнако́мый челове́к объясни́л **иностра́нному тури́сту**, как дое́хать до Мане́жной пло́щади.

4. Сын обеща́л **свое́й ма́тери и своему́ отцу́** звони́ть домо́й ка́ждую неде́лю.

5. Изве́стный писа́тель посвяти́л но́вый рома́н **ста́ршей сестре́**, кото́рую он о́чень люби́л.

6. Родны́е и друзья́ пожела́ли **косми́ческому тури́сту** уда́чного полёта и мя́гкой поса́дки.

7. Прави́тельство Москвы́ подари́ло **молодёжному теа́тру** зда́ние, кото́рое нахо́дится в це́нтре Москвы́.

8. Преподава́тель посове́товал **но́вому студе́нту** занима́ться в лингафо́нном кабине́те.

1. Моя́ сестра́ хо́чет занима́ться му́зыкой, ей ну́жен преподава́тель му́зыки.

2. Джон забы́л, как писа́ть э́то сло́во по-англи́йски, ему́ ну́жен а́нгло-ру́сский слова́рь.

3. Когда́ Анто́н заболе́л и у него́ была́ температу́ра, ему́ ну́жно хоро́шее лека́рство.

4. Мой брат опа́здывает в аэропо́рт, ему́ нужна́ маши́на.

5. Моя́ подру́га бу́дет де́лать сала́т, ей ну́жно расти́тельное ма́сло.

6. Мои́ роди́тели хотя́т купи́ть но́вую маши́ну, им нужны́ де́ньги.

7. Моя́ тётя выхо́дит за́муж, ей ну́жно бе́лое пла́тье и бе́лые ту́фли.

8. Когда́ мои́ друзья́ пожени́лись, им нужна́ кварти́ра.

1. На у́лице иностра́нец подошёл к **незнако́мому челове́ку** и спроси́л, как дое́хать до Кра́сной пло́щади.

2. Мы подошли́ к **на́шему преподава́телю** и попроси́ли его́ объясни́ть текст ещё раз.

3. На дискоте́ке Ива́н подошёл к **незнако́мой де́вушке** и пригласи́л её танцева́ть.

4. Я подошёл к **у́личному музыка́нту** и сфотографи́ровал его́.

5. Ольга подошла́ к **театра́льной ка́ссе** и купи́ла биле́т.

6. Тури́сты подошли́ к **Моско́вскому Кремлю́** и сфотографи́ровали его́ на па́мять.

7. Авто́бус подъе́хал к **авто́бусной остано́вке** и останови́лся.

8. Студе́нты подошли́ к **железнодоро́жной ка́ссе** и узна́ли, когда́ отхо́дит по́езд.

1. б

2. а

3. а

4. а

5. б

6. б

7. а

8. б

9. в

10. в

1. подошёл

2. вы́шли

3. пошли́

4. подошёл

5. ушёл

6. прие́дет

4

7. пришла́

8. прие́хал

9. шёл

10. прие́хал

11. подошёл

12. пришёл

頁143：28

1. Я до́лго разгова́ривал по телефо́ну с дру́гом, кото́рому ну́жно бы́ло со мной посове́товаться.

2. За́втра день рожде́ния у мое́й ста́ршей сестры́, кото́рой испо́лнится 25 лет.

3. Я не зна́ю э́того челове́ка, кото́рому я объясни́л доро́гу.

4. Ната́ша купи́ла пода́рок подру́ге, к кото́рой она́ идёт в го́сти.

5. Как зову́т э́того студе́нта, кото́рому ты помога́ешь реша́ть зада́чи?

6. О́льга живёт в ко́мнате с сосе́дкой, кото́рой нра́вится слу́шать гро́мкую му́зыку.

7. Ба́бушка подари́ла свое́й вну́чке кольцо́, кото́рому уже́ 150 лет.

頁143：29

1. кото́рой

2. кото́рому

3. кото́рой

4. кото́рому

5. кото́рому

6. кото́рой

УРОК 5 第五課

一 課文譯文及單詞

頁157：6a

莫斯科報紙摘要

我叫伊戈爾。我就讀於國立莫斯科大學新聞系。我對國際政治非常感興趣。我的夢想是成為一名政治評論員，想在報社或電視臺工作。

我叫馬林娜。我就讀於人文大學歷史系。我大量地閱讀，對俄國歷史和文化感興趣，因為我想成為一名知識淵博的人和一名好的導遊。我的夢想是在莫斯科歷史博物館工作。

請認識一下新的電視節目，這個節目的名稱叫做《星工廠》。許多有才華的青年男女參加這個節目。他們學習流行音樂和現代舞蹈。他們每個人都想成為明星。例如，從薩拉托夫來的尤麗婭夢想成為著名的作曲家。她作曲並寫詩。而來自葉卡捷琳堡的米哈伊爾是一位善於交際、精力充沛、迷人的年輕人，夢想成為一名電視節目主持人。

我叫塔莎。我19歲。我還沒有選擇好自己的職業。閒暇時間我做運動，因為我想要保持苗條體形和美貌。我很快就要出嫁了。我知道，我將是一位好妻子和女主人。

單詞

журнали́стика	陰	新聞工作，新聞學
поли́тика	陰	政治；政策
обозрева́тель	陽	（報紙、雜誌的）評論員
гуманита́рный	形	人文的
образо́ванный	形	受過教育的；有學問的
экскурсово́д	陽	遊覽嚮導；講解員
програ́мма	陰	①節目 ②計畫，規劃 ③（教學）大綱
фа́брика	陰	工廠，製造廠
эстра́дный	形	①（舞）臺的 ②文藝演出的
та́нец	陽	①舞，舞蹈；舞曲 ②(只用複數) 舞會
общи́тельный	形	平易近人的，好交際的

энерги́чный	形	精力充沛的；積極的；有毅力的
обая́тельный	形	有吸引力的，引人入勝的
стро́йный	形	①（身材）勻稱挺秀的 ②整齊的

⊙ 人名

И́горь 伊戈爾

Мари́на 馬林娜

Юля 尤麗婭

Михаи́л 米哈伊爾

Да́ша 塔莎

⊙ 地名

Сара́тов 薩拉托夫

Екатеринбу́рг 葉卡捷琳堡

頁158：8a

娜塔麗婭・涅斯捷蘿娃

娜塔麗婭・涅斯捷蘿娃，當今全俄羅斯的人都知道這個名字。

娜塔麗婭・涅斯捷蘿娃是新人文大學的校長。娜塔麗婭・涅斯捷蘿娃怎樣成功並實現了自己的願望呢？她的事業是如何開展的？

在17歲的時候，娜塔麗婭・涅斯捷蘿娃成了俄羅斯西洋棋冠軍。所有人都説，她將成為著名的西洋棋選手。但是娜塔麗婭決定成為一名教師。她對物理和數學非常感興趣。她考入了國立莫斯科大學物理系。大學畢業後，娜塔麗婭在中學任教，然後到學院任教，同時私人授課，給學生講授物理和數學。

娜塔麗婭・涅斯捷蘿娃是很好的教師和教育家，因此人們都很喜歡聽她私人授課。每年她都有300至500名學生。她想開拓自己的個人事業。

但是對於女性最主要的是家庭。因此，當孩子出生的時候（娜塔麗婭・涅斯捷蘿娃有四個孩子），她開始教育他們，使他們成為受過教育的人。她開始考慮對於每個年輕人都很重要的問題。去哪學習？在哪裡能夠受到好的教育？她的大女兒克拉芙季婭非常喜歡跳舞，並想成為演員或者是芭蕾舞者。於是，涅斯捷蘿娃就開辦了舞蹈學院。她的大女兒在那裡學習舞蹈。

小女兒波莉娜繪畫非常好，對油畫非常感興趣。涅斯捷蘿娃就開辦了繪畫學校。她的小女兒和其他一些有天賦的孩子在那裡學習。這只是一個開始。涅斯捷蘿娃想要創建一所自己的新型大學。它的模式是中學—大學—研究所連讀。她做到了這一點，她開辦了新人文大學。

現在涅斯捷蘿娃新人文大學有10個系，還有小學、寄宿中學、培訓班，共有8千名中學生和大學生。

單詞

явля́ться	未	是，產生，發生，成為
ре́ктор	陽	（大學）校長
призва́ние	中	①（從事某種工作的）志向；才能 ②使命，天職
успе́х	陽	成效，成功，成就，成績
скла́дываться	未	①長成，形成
сложи́ться	完	②堆放；折疊；疊放
карье́ра	陰	①升遷；官運；前程，功名，名利 ②職業，事業
чемпио́нка	陰	（女）冠軍
шахмати́стка	陰	（女）象棋手
педаго́г	陽	教育家；教員，教師
удово́льствие	中	愉快，高興
воспита́ние	中	①培養，教育 ②教養，修養
образова́ние	中	建立，構成，教育
балери́на	陰	芭蕾舞女演員；舞劇女演員
акаде́мия	陰	①科學院 ②（某些專門學科的）大學，學院
жи́вопись	陰	寫生畫法，彩色畫法
непреры́вный	形	連續不斷的，不停頓的，不間斷的
схе́ма	陰	線路；圖解
гимна́зия	陰	（進行普通教育的）中學

⊙ **人名**

Ната́лья Не́стерова 娜塔麗婭・涅斯捷蘿娃

Кла́вдия 克拉芙季婭

Поли́на 波莉娜

頁159：9a

36.6藥店

　　您當然知道，在莫斯科有一間36.6藥店。來認識一下這裡的總經理阿娜斯塔西婭・瓦維洛娃。

　　「我畢業於國立莫斯科大學社會學系，但我對成為一名普通的社會學者興趣不大，我想從事一項非常有趣又很有意義的事業。這時候，我的一位好友邀請我到他的公司工作，他的公司創立新藥店。我對藥店和藥品一無所知，但我向來是一個樂觀的人，因此我決定嘗試一下並開始與自己的朋友一起工作。我開始從事一項非常有趣的事業，創辦了一間名為36.6藥店的大公司。近三

年來，我一直擔任這個公司的總經理。我很幸福，因為這是一項有益又被人們所需要的事業，能夠幫助別人。

閒暇之餘我和我的丈夫在一起。他酷愛運動和旅遊。我們常常在一起休息，因為家庭對我來說是生活當中最重要的。」

單詞

апте́ка	陰	①藥店，藥房 ②藥箱
генера́льный	形	①主要的 ②總體的
социологи́ческий	形	社會學的
социо́лог	陽	社會學者
компа́ния	陰	公司
лека́рство	中	藥，藥品，藥劑
оптими́стка	陰	（女）樂觀主義者
фи́рма	陰	公司
тури́зм	陽	旅遊業

◉ 人名

Анастаси́я Вави́лова　阿娜斯塔西婭‧瓦維洛娃

頁163：15a

能照相的錶

日本卡西歐公司發明了一款新錶，這款錶具有彩色數位照相機的功能。這款錶能夠儲存100張照片，在錶盤上既可以看到照片，又可以看到時間。

當您拍照片的時候，這款錶能記錄日期和時間。它能夠把照片放大2倍，能夠把照片傳輸到電腦或者其他這樣的錶上。

單詞

фотока́мера	陰	攝影機，照相機
цифрово́й	形	數位的
диспле́й	陽	顯示器
запомина́ть запо́мнить	未 完	記住，記牢
сни́мок	陽	照片，相片
увели́чивать увели́чить	未 完	(что) 增加，擴大；放大；提高，加強

原子筆

很久以前，人們就開始用小木棍在蠟板上寫字。在普希金的時代，人們用鵝毛筆寫字。在普希金博物館您能看見鵝毛筆，普希金用這款筆寫下了著名的詩歌。我們的祖輩們用金屬筆尖的木質筆寫字。我們的父輩們用自來水筆寫字。而我們用原子筆寫字。原子筆出現在1945年的阿根廷。它是由發明家拉斯洛·比羅發明的。正是這個人發明並製造了我們現在使用的普通原子筆。

單詞

дере́вянный	形	①木製的
		②木結構的
па́лочка	陰	小棍，小棒，筷子
восково́й	形	蒼白的；蠟製的
доска́	陰	①板，木板
		②板狀物，板
		③黑板
гуси́ный	形	鵝的，雁的
металли́ческий	形	金屬的
авто́ру́чка	陰	自來水筆
ша́риковый	形	圓珠的
изобрета́тель	陽	發明人，發明家
приду́мывать	未	① (что) 想出，想到；發明
приду́мать	完	② (кого́-что) 臆造，虛構

⊙ 人名

Пу́шкин 普希金

Ла́сло Би́ро 拉斯洛·比羅

⊙ 國名

Аргенти́на 阿根廷

我們的新居

這是我們全家都夢想的新居。媽媽想在我們的新房子前面建造一個大游泳池來游泳。奶奶想在我們的新居前面開闢一個果園，在果園裡種上蘋果和梨子。爺爺想在我們新居後面建一片樹林，呼吸新鮮的空氣，並且在樹林裡採集蘑菇和漿果。爸爸想在我們的新居下面修建一個停車場，我們的汽車將停在停車場裡。他想，在房子和樹林之間有一條道路，沿著這條道路他能夠進城。而我想讓我們的家裡總是陽光普照。

бассе́йн	陽	游泳池
пла́вать	未	游泳
расти́	未	①長，（年齡）增長
		②（在某環境中）度過童年
		③(不用一、二人稱) 增長，增加
я́блоко	中	蘋果
гру́ша	陰	①梨樹
		②梨
дыша́ть	未	呼吸
гриб	陽	蘑菇
я́годы	複	果實，漿果
гара́ж	陽	汽車房，汽車庫
свети́ть	未	①(不用一、二人稱) 發光，照耀，照亮
		②(кому́-чему́) 給……照亮

頁168：22a

日本百萬富翁在俄羅斯

伊爾庫次克的所有居民都知道日本百萬富翁的事情。這位來自日本的富翁想要住在俄羅斯。這個日本人叫做掘水豐。他住在伊爾庫次克一棟很普通的樓房三樓，一間不大的公寓裡。新聞通訊社的記者來到日本百萬富翁家採訪他。

在一座普通五層樓旁的長凳上，坐著幾位神情嚴肅的老奶奶。

「請問，日本百萬富翁住在這裡嗎？」一名記者問道。

「在這裡，在這裡……」老奶奶高興地回答。「三樓，右邊。他現在正好在家，從早上到現在還沒有出去呢。」

掘水豐是一個有禮貌而且非常健談的人。他很高興地接受了新聞通訊社的採訪。

「掘水豐君，請問，您今年多大了？」

「我還非常年輕，只有66歲。」

「您真的很希望生活在俄羅斯嗎？為什麼？」

「我一直夢想住在俄羅斯。年輕的時候，我認真地學習俄語。從東京俄語學院畢業後，就到日本駐莫斯科的大使館當翻譯。我一直喜歡俄羅斯，我決定成為俄羅斯公民。」

「您為什麼偏偏決定在伊爾庫次克生活？」

「因為伊爾庫次克正好處於俄羅斯首都莫斯科和日本首都東京中間。」

「順便問一下，掘水豐君，為什麼您要住在一個這麼小而且不算太新的房子裡？要知道，您是一個非常富有的人！是百萬富翁啊！應該在新區買一間又大又好的住宅。」

「我是一個簡樸的人。我決定像普通的俄羅斯人一樣生活。我不想和他們有什麼不同。」

「請問，5年前您為什麼耗費1千萬美元買下俄羅斯和平號太空站的一部分呢？」

「在那個時候俄羅斯太空事業遇到了巨大的經濟困難。為了幫助和平號太空站，我花了1千萬

美元買下了它的一個航空艙。我很高興，能夠幫助你們的太空站。一段時間後，第一位日本太空人在俄日合作中實現了宇宙飛行。」

「掘水豐君，您有家室嗎？」

「我在日本結過婚，但是我們早就離婚了。我有三個孩子。順道一提，對我們離婚後，我一個人養育他們。但是現在我的孩子們都已經長大成人了。他們有自己的生活。」

「您真的想在俄羅斯給自己找一個妻子，甚至還在報紙上登過徵婚廣告？」

「是的，這是真的。我想結識一位優秀的俄羅斯女孩。當我在街上看見一個美麗的女孩，我不能隨便走近她（與她認識）。這樣做在我們日本是非常不禮貌的。因此我在報紙上刊登了徵婚廣告。」

「請問，您未來的妻子應該是什麼樣的？」

「她應該善良，聰明，美麗……」

「需要是一位好主婦嗎？會做飯、洗衣、收拾房間？」

「不，這不一定。我要和我未來的妻子一起做這一切：做飯、洗衣、收拾房間。順便說一下，我自己煮的湯、肉、魚、蔬菜非常好吃。未來的妻子應當是我的好幫手、忠誠的妻子與好母親，這才是最重要的。」

單詞

япо́нский	形	日本（人）的
эта́ж	陽	①（樓房的）層
		②（物品擺放的）層
корреспонде́нт	陽	①通信人，通信者
		②（新聞）記者，通訊員
интервью́	中 不變	對記者發表的談話，回答記者的問題
скаме́йка	陰	長凳
стро́гий	形	①嚴厲的，嚴格的
		②嚴密的；精確的
		③嚴肅的，嚴謹的
ока́зываться	未	
оказа́ться	完	(каки́м, кем-чем) 是，原來是
разгово́рчивый	形	愛說話的；好與人攀談的
перево́дчик	陽	翻譯，譯員
посо́льство	中	大使館
граждани́н	陽	公民，國民
столи́ца	陰	首都
скро́мный	形	①謙虛的，謹慎的
		②樸素的，樸實的
орбита́льный	形	①軌道的，軌跡的
		②眼眶的，眼窩的
космона́втика	陰	航太學；太空工程學

испы́тывать	未	試驗；考驗
испыта́ть	完	
материа́льный	形	①物質的 ②材料的
мо́дуль	陽	元件，部件；（太空飛行器的）艙
экипа́ж	陽	（輕便）馬車；機組
воспи́тывать	未	① (кого́) 教育，教養
воспита́ть	完	② (кого́ из кого́, кого́ кем 或 каки́м) 把……培養成，把……訓練 成 ③ (что в ком) 培養，養成（某種思想、品質、習慣等）；陶冶
жена́тый	形	結婚的
развести́сь	完	離婚
разводи́ться	未	
кста́ти	副	①正是時候，恰好 ②順便
объявле́ние	中	聲明；通知
стира́ть	未	(что)
вы́стирать	完	①拭去，擦掉 ②擦傷，磨破
помо́щница	陰	（女）幫手

⊙ **人名**

Юта́ка Хо́риз 掘水豐

⊙ **地名**

Ирку́тск 伊爾庫次克
То́кио 東京

頁172：26б

謝爾蓋‧博德羅夫的生平

　　謝爾蓋‧博德羅夫是我們的同齡人。他於1971年十二月12日出生在莫斯科。人們叫他小謝爾蓋‧博德羅夫，因為他的父親——著名的電影導演是家裡的大謝爾蓋‧博德羅夫。

　　在學校裡，謝爾蓋對俄羅斯和世界文化、文學和歷史感興趣。像所有的學生一樣，他堅持體育鍛煉。中學畢業後，他進入國立莫斯科大學歷史系就讀，因為歷史是他最喜歡的學科。

　　大學畢業後，謝爾蓋繼續攻讀研究所，他學習義大利繪畫和建築。他的副博士論文寫了三年，並順利通過論文答辯，成了年輕的副博士。

　　謝爾蓋‧博德羅夫並不是很快就成功的，也不是一夜就出名的。他不僅得專注於學習，而且為賺錢還做過很多工作。他在糖果廠當過普通工人，在學校當過老師，後來在《目光》節目中擔任電視節目主持人。觀眾立刻喜歡上了這位新的主持人，因為謝爾蓋是一個平易近人、性格坦

誠、開朗、真誠的人，「就像自己的家人一樣」。

1995年導演大謝爾蓋・博德羅夫拍攝電影《高加索的俘虜》，這是講述車臣戰爭真相的第一部電影。小謝爾蓋・博德羅夫在這部影片中飾演主角──一名普通的俄羅斯士兵。1997年因在《高加索的俘虜》這部電影演出，謝爾蓋獲得了俄羅斯國家獎。

後來他先後拍攝了電影《兄弟》、《兄弟2》、《東方─西方》、《姊妹們》。在這些影片中，觀眾又一次看到了謝爾蓋・博德羅夫的表演。在電影《東方─西方》中，他和著名的法國演員凱撒琳・丹尼芙合作。電影《兄弟》講述的是二十世紀末二十一世紀初俄羅斯年輕人的問題。這部電影拍攝完後，謝爾蓋・博德羅夫成了一名家喻戶曉的電影演員，而這部影片成了一部非常時尚，或者按現在的說法──偶像片。

全國人都知道謝爾蓋・博德羅夫。人們在街上談論他，寫信給他。但是這些榮譽並未沖昏他的頭腦，因為他不僅是一個聰明、有才華、有知識的人，而且是一個謙虛、勤奮的人。他勤奮工作，走遍全國。謝爾蓋・博德羅夫總想從事一些有意義的事情。他想成為像他父親那樣的導演。

2002年九月，他開始自己導演，拍攝新的影片。這是他第一次當導演拍攝自己的片子。為了拍攝自己的電影，小謝爾蓋・博德羅夫和攝製組一起到了北高加索山上。據他的父親回憶，當時謝爾蓋急於趕到高加索，因為特別想快一點開始新電影的拍攝工作。

九月20日，在攝製組工作的山上，發生了災難：夜裡山上發生了大雪崩，冰塊和石頭快速向下滑落。一百三十人死於這場災難。謝爾蓋・博德羅夫和他的攝製組也在其中。

他當時只有31歲。他不僅是人們喜歡的演員，更是一個有愛心的丈夫和父親。（他有家庭──妻子和兩個兒子。）他還年輕、英俊和健壯。認識謝爾蓋的每一個人，他的親人、朋友、同事、觀眾都喜歡他。也許，他真的就是當代的英雄！？

單詞

кинорежиссёр	陽	電影導演
культу́ра	陰	① (只用單數) 文化，文明 ② (只用單數) 種植，培植 ③（農）作物
архитекту́ра	陰	①建築學，建築藝術 ②建築式樣，建築風格
кандида́т	陽	①候選人，候補人 ② (чего́)（某學科的）副博士
конди́терский	形	製作糖果點心的；賣糖果點心的
зри́тель	陽	觀眾
телеведу́щий	陽	電視節目主持人
и́скренний	形	真誠的
режиссёр	陽	導演
кавка́зский	形	高加索的
пле́нник	陽	俘虜
солда́т	陽	（陸軍的）士兵；戰士
восто́к	陽	東；東方；東部
за́пад	陽	西；西方；西部

актри́са	陰	女演員
мо́дный	形	時髦的，時尚的；流行的
ку́льтовый	形	①祭祀的；祭禮的 ②受特定群體歡迎的；在特定群體中流行的
вскружи́ть	完	(кому́) 使迷惑；沖昏……的頭腦
интеллиге́нтный	形	知識分子的
съёмочный	形	攝影的，攝製的
катастро́фа	陰	慘禍，災難；慘劇
ледни́к	陽	冰川，冰河
лёд	陽	冰
ско́рость	陰	速度
в результа́те		結果，歸根到底
колле́га	陽 陰	同事

⊙ 人名

Серге́й Бодро́в　謝爾蓋 · 博德羅夫

Катри́н Денёв　凱撒琳 · 丹尼芙

⊙ 地名

Кавка́з　高加索

頁175：28a

結婚進行曲

　　柳德米拉是一位優秀的音樂家。她的全部生活都和古典音樂聯繫在一起。每天，當她拿起小提琴的時候，對於她來說就是最幸福的時光。五歲時她開始在音樂學校學習，然後又在音樂專科學校和莫斯科音樂學院學習。當柳德米拉從音樂學院畢業的時候，交響樂團聘請了她。工作令人激動而有趣。她非常樂意在交響樂團演奏，她在那裡工作了兩年，但是工資非常少，因此柳德米拉離開了樂團。這時她在結婚禮堂找到了一份新工作。

　　剛開始，她喜歡這份工作，因為她每天看見一張張年輕幸福的臉龐。年輕人到這裡來登記結婚，成為夫妻。年輕的新娘穿著白色的婚紗，莊重的新郎穿著筆挺的黑西服走進大廳，柳德米拉為他們彈奏孟德爾頌的結婚進行曲。她為他們演奏，但是夢想著哪一天，她自己穿著白色的婚紗，挽著自己未來丈夫的手走進這個大廳。

　　一對新人出去了，另一對進來了，柳德米拉演奏著，演奏著同一首莊嚴的進行曲，這個曲子給他們和其他的人帶來幸福，但不是給她。有一天，柳德米拉驚訝地發現，她已經開始厭惡這首曲子，再也不能演奏它了。

　　「不想再演奏這首曲子，我想離開。」她對院長說。

　　「您要去哪裡？在地下通道或者地鐵站裡演奏嗎？」院長問。無奈的柳德米拉又留下來了。

　　柳德米拉30歲了。她一個人生活。每天早晨她坐地鐵去工作，要穿過整個城市，而晚上回到家裡，家裡沒有任何人等她。有一天晚上，柳德米拉像往常一樣，夾著自己的小提琴回家。在地

下通道裡她聽到了優美的音樂，於是她停下來聽。有兩個音樂家在那裡演奏：一個個子不高，並且很瘦；另一個很壯，留著紅鬍子。他們演奏爵士樂。演奏結束了，年長的親切地問她：「同行，怎麼樣？想和我們一起演奏嗎？」柳德米拉生氣地回答道：「您怎麼回事！？在過道裡？這是不可能的事！」她很快就離開了。但是從那個時候起，每天晚上她不知為什麼都來到這個地方聽街頭音樂家演奏爵士樂。每一次他們都邀請她一起演奏，每一次她都離開。

但是，有一天他們演奏的音樂是那麼激情四溢、那樣歡快活潑，柳德米拉難以離開。她打開小提琴盒，拿出小提琴開始演奏起來。她忘情而愉快地演奏著，對音樂的喜愛又回來了。要知道柳德米拉只學過古典音樂，從來沒有對真正的爵士樂感興趣過。而爵士樂是非常優美，極具吸引力的音樂，柳德米拉現在再也不想離開它了。

他們一起演奏了兩個星期。在地下通道度過的夜晚，是非常令人愉快的。地下通道對於她來說是第二個家。現在柳德米拉有了好朋友。一個音樂家叫埃季克，另一個高個子留著紅鬍子的音樂家叫安德列。安德列經常送柳德米拉回家。和他的相遇改變了柳德米拉的生活。她有了親近的朋友。她現在可以和他商量事情、討論新聞，一起散步並無所不談。

有一天，安德列送給柳德米拉鮮花並説：「今天是我們的節日，我們一起演奏已經一個月了，我邀請妳去餐廳。」「去吧，朋友們，休息一下。我再彈一會兒。」埃季克説。他們走了。忽然，柳德米拉聽見熟悉的旋律。埃季克為他們彈奏了孟德爾頌的結婚進行曲。他們站住了。手持鮮花的柳德米拉非常漂亮。安德列微笑地看著她。「怎麼樣，這可真是一個好主意！妳覺得呢？」他小聲地問。「我願意，」她回答道，「孟德爾頌的這首曲子太美了！為什麼我從前都沒有發現呢？」

5

單詞

свáдебный	形	結婚的
марш	陽	①（佇列的）步法 ②行軍
связáть	完	① (что) 聯結上
свя́зывать	未	② (когó-что) 捆上
		③ (когó с кем-чем) 使建立聯繫
класси́ческий	形	經典的；古典的
скри́пка	陰	小提琴
симфони́ческий	形	交響樂的
орке́стр	陽	樂隊；樂隊席，樂池
зарплáта	陰	工資
бракосочетáние	中	結婚儀式，婚禮
регистри́ровать	未	登記，註冊，記錄，掛號
зарегистри́ровать	完	
брак	陽	婚姻
невéста	陰	新娘
воздýшный	形	空氣的；大氣的；空中的
костю́м	陽	服裝，衣服

торже́ственный	形	①隆重的，盛大的；慶祝的
		②宏偉（壯麗）的
у́жас	陽	①非常害怕
		②(常用複數) 慘禍；慘狀
ненави́деть	未	(кого́-что) 痛恨，仇恨，憎恨
перехо́д	陽	①轉換，轉移
		②走廊，過道
как-то	副	不知怎樣地；在某種程度上；有一次
мы́шка	陰	(мышь的指小形式) 鼠，耗子
худо́й	形	瘦的，乾瘦的
борода́	陰	鬍子
серди́то	副	生氣地
футля́р	陽	套子，匣子，盒子，罩
обсужда́ть	未	(что) 討論，商議；商量
обсуди́ть	完	
мело́дия	陰	旋律，曲調

⊙ 人名

Людми́ла　柳德米拉

Мендельсо́н　孟德爾頌

Эдик　埃季克

🗗 語法

1. 名詞單數第五格的變化（代詞、形容詞與名詞連用，請參考《走遍俄羅斯2》第五課的表1及本《自學輔導手冊》第一課內容）

　　1) 陽性、中性名詞單數第五格詞尾是-ом、-ем；陰性為-ой、-ей，以-ь結尾的陰性名詞第五格加-ю。

　　2) 以ж、ш、щ、ч、ц結尾的陽性名詞構成第五格時為-ом，若重音不在詞尾，則為-ем。以жа、ша、ча、ща、ца結尾的陰性名詞構成第五格時為-ой, 若重音不在詞尾，則為-ей。

2. 第五格的意義和用法

　　1) 表示行為的工具、手段，回答чем的問題。例如：

> Учени́к пи́шет **ру́чкой.**
> 學生用鋼筆寫字。
> Утром я умыва́юсь холо́дной **водо́й.**
> 早晨我用冷水洗臉。

2) 表示行為進行的方式、方法、時間，回答как、когда́的問題。例如：

> **Гро́мким го́лосом** говори́л он.
>
> 他大聲地説。
>
> Снача́ла мы е́хали **самолётом**, пото́м – **по́ездом**.
>
> 我們先乘飛機，然後坐火車去。

3) 與繫詞быть、явля́ться、стать // станови́ться、де́латься // сде́латься、ока́зываться // оказа́ться等連用，做合成謂語的表語。例如：

> Мой оте́ц был **учи́телем**.
>
> 我的父親當過教師。
>
> С тех пор слепо́й и его́ подру́га сде́лались **друзья́ми** на всю жизнь.
>
> 從那個時候起，盲人和他的女友便成了終生的朋友。

4) 與занима́ться（從事……，學習）、горди́ться（以……為驕傲）、руководи́ть（領導）、управля́ть（操縱）、овладе́ть（掌握）、махну́ть（揮動）等動詞連用，表示客體。例如：

> Мы горди́мся **свое́й Ро́диной**.
>
> 我們為自己的祖國感到自豪。
>
> **Этим вопро́сом** ста́ли занима́ться мно́гие.
>
> 許多人著手研究這個問題。

5) 第五格可與不及物動詞連用，表示身分。例如：

> Он рабо́тал в шко́ле **учи́телем фи́зики**.
>
> 他曾在學校裡擔任物理老師。
>
> Весно́й Алёша поступи́л на парохо́д **посу́дником**.
>
> 春天阿廖沙上一艘輪船當洗碗工。

6) 前置詞с、пе́ред與第五格連用。

  (1) с

    ① 「同……」、「跟……」，回答с кем的問題。例如：

> Я разгова́ривал **с учи́телем**.
>
> 我跟老師談過話。

    ② 「帶（有）……」，回答с чем的問題。例如：

> Я пришёл к вам **с вопро́сом**. Вы свобо́дны?
>
> 我有問題來找您。您有空嗎？

③表示行為方式，回答как的問題。例如：

> Зри́тели смотре́ли фильм **с больши́м интере́сом**.
> 觀眾們以極大的興趣看了影片。

(2) пе́ред表示「在⋯⋯前（面）」，回答時間問題。

> Вы́мойте посу́ду **пе́ред едо́й**.
> 飯前請洗手。

目 練習題參考答案

頁155：4

а)

1) встреча́ется

2) встреча́ет

3) встреча́ется

4) встре́тил

5) встре́тились

6) встре́тил

б)

1) сове́туюсь

2) сове́тует

3) сове́тует

4) посове́товались

5) посове́товаться

6) посове́товалась

в)

1) познако́мились

2) познако́мила, познако́мить, познако́мьтесь (познако́мься)

3) познако́мился

4) познако́мились

5) познако́мил

6) познако́мьтесь

1) ре́ктором

2) чемпио́нкой

3) изве́стной шахмати́сткой

4) преподава́телем

5) фи́зикой и матема́тикой

6) хоро́шим преподава́телем и педаго́гом

7) воспита́нием и образова́нием

8) арти́сткой и́ли балери́ной

9) ста́ршая дочь

10) жи́вописью

11) непреры́вным образова́нием

頁159：9а

1) Познако́мьтесь

2) быть

3) занима́ться

4) явля́юсь

5) начала́

6) занима́ться

7) рабо́таю

8) занима́юсь

9) проводи́ть

10) увлека́ется

11) явля́ется

5

頁170：23

1. Вчера́ ве́чером я позвони́л своему́ дру́гу, с кото́рым мне ну́жно бы́ло встре́титься и поговори́ть.

2. На у́лице Илья́ встре́тил знако́мую де́вушку, с кото́рой он вчера́ танцева́л на дискоте́ке.

3. На э́той фотогра́фии мой ста́рый друг, с кото́рым мы вме́сте учи́лись в университе́те.

4. В како́й газе́те рабо́тает молода́я журнали́стка, с кото́рой мы неда́вно познако́мились на конфере́нции?

5. Как называ́ется э́тот ста́рый мост, с кото́рым ря́дом нахо́дится твой дом?

6. Я то́же интересу́юсь спо́ртом, кото́рым занима́ются мои́ друзья́.

7. В музе́е мы ви́дели стари́нное гуси́ное перо́, кото́рым писа́л Алекса́ндр Пу́шкин.

頁170：24

1. с кото́рым

2. с кото́рым

3. кото́рой

4. кото́рой

5. с кото́рым

6. с кото́рым

7. с кото́рой

УРОК 6 第六課

一 課文譯文及單詞

頁183：4a

莫斯科的休閒時光

在大城市裡能去哪裡呢？在哪裡能夠度過休閒時光呢？

在莫斯科不存在這樣的問題。莫斯科是一座大型文化中心，這裡有最好的博物館、劇院、藝術展覽會、畫廊、音樂廳。所有的莫斯科人和外來遊客都可以去參觀。

關於首都的博物館、劇院、電影院、藝術展覽會、畫廊和音樂廳的詳細資訊，您能夠在《莫斯科休閒時光》雜誌上讀到。

莫斯科政府非常重視莫斯科的劇院、博物館、藝術展覽會、畫廊、音樂廳，並撥了大量的資金用於建設新文化設施。最近幾年，莫斯科建造了大劇院新建築、新歌劇劇院，還有以著名歌唱家加琳娜・維什涅夫斯卡婭命名的歌劇中心，修復了歷史博物館和特列季亞科夫美術館大樓。

每天有成千上萬的人來參觀莫斯科的博物館、劇院、畫廊和音樂廳，以及藝術展覽會。

莫斯科人喜歡自己的城市，並以自己的博物館、劇院、畫廊、藝術展覽會、音樂廳為榮。

在平時，在節日裡，在莫斯科的博物館、劇院、音樂廳、畫廊和藝術展覽會都能夠度過休閒時光。

單詞

галере́я	陰	①長廊，迴廊，遊廊 ②陳列館，美術博物館
конце́ртный	形	音樂會的
подро́бный	形	詳細的，詳盡的
досу́г	陽	閒暇，閒空
уделя́ть удели́ть	未 完	分出，分給
выделя́ть вы́делить	未 完	分出；識別
сре́дство	中	①方法，方式，手段 ②(常用複數) 資金
строи́тельство	中	建築業；建築（工程）；施工

отремонти́ровать	完	修好；修復
ремонти́ровать	未	
третьяко́вский	形	特列季亞科夫的
бу́дни	複	日常，平常日子

⊙ 人名

Гали́на Вишне́вская　加琳娜‧維什涅夫斯卡婭

頁185：7a

莫斯科地鐵

2003年三月20日莫斯科地鐵建成70周年。正是在70年前，也就是1933年蘇維埃政府開始了龐大的地鐵建設工程。它的設計方案還是在俄羅斯帝國時期完成的。許多有經驗的工程師、工人和其他專家都參與了地鐵建設，因此2年後，第一條地鐵線就開通了，第一批列車在文化公園站和索科利尼基站之間行駛。莫斯科地鐵站總是非常漂亮，它被認為是莫斯科的裝飾，甚至在偉大衛國戰爭（1941–1945年）這個困難時期，地鐵站的建設也沒有停止。

當今的莫斯科地鐵是最受人們喜愛的，是安全、快捷、舒適和乾淨的城市交通工具。它有非常複雜的構造。如果您看到地鐵圖，那麼您就會看到，地鐵有環線，經過環線各站，交通四通八達（ра́диус是輻射的意思）。莫斯科地鐵是一座地下城市，這座城市借助於新科技和現代化的電子設備不斷地發展。每年有35億人乘坐莫斯科地鐵，每天有9百萬乘客乘坐地鐵，這占所有城市交通類型運輸的60%。一個小時內地鐵運載乘客6萬人。地鐵票並不貴，但是有些乘客，他們較喜歡不買票搭乘。這些乘客大概有5-7%，人們把他們叫做「野兔」。

在2003年五月，莫斯科政府為莫斯科人建成了新的勝利公園地鐵站。這座新站在莫斯科是最深的，因為它位於97公尺深處。最長電梯在這座站裡營運，它的長度有126公尺，或者說有740個臺階。現在莫斯科地鐵有165個站。它的長度有264公里。列車的平均速度是每小時41公里。地鐵站有3萬5千名工作人員，一座車站的造價成本從7百萬到1千5百萬美元不等。

單詞

испо́лниться	完	年滿……歲
исполня́ться	未	
грандио́зный	形	規模宏大的；宏偉的
импе́рия	陰	帝國
инжене́р	陽	工程師
специали́ст	陽	專門人才；專家；能手，行家
ли́ния	陰	線，線條
ста́нция	陰	（火車、地鐵）站
соко́льник	陽	馴鷹手
украше́ние	中	裝飾品，點綴物，飾物

прекраща́ться	未	停止，中斷，不再
прекрати́ться	完	
оте́чественный	形	祖國的，本國的
надёжный	形	安全的，可靠的，牢固的
тра́нспорт	陽	運送；交通工具
структу́ра	陰	構造，結構，構成
метрополите́н	陽	地下鐵道，地鐵
радиа́льный	形	軸向的，徑向的；輻射狀的
ра́диус	陽	半徑
развива́ться	未	發展
разви́ться	完	
техноло́гия	陰	①工藝學
		②工藝
электро́нный	形	電子的
обору́дование	中	設備，裝置
полови́на	陰	半，一半，半個
миллиа́рд	陽	①(用作數詞) 十億
		②(常用複數) 億萬
миллио́н	陽	①(用作數詞) 百萬
		②(常用複數) 無數，千百萬；千百萬人
пое́здка	陰	（乘車、馬、船等）外出；短期旅行
предпочита́ть	未	①(кого́-что кому́-чему́) 認為……比……好，比較喜歡
предпоче́сть	完	②(接動詞原形) 寧願，寧肯
за́яц	陽	野兔，逃票的人
глубо́кий	形	深的
глубина́	陰	①深度
		②(чего́) 深處，裡面
эскала́тор	陽	自動升降梯
ступе́нька	陰	階梯，臺階
киломе́тр	陽	公里，千米
сто́имость	陰	①價值
		②價格

◉ 地名

Соко́льники　索科利尼基

在莫斯科的第一天

在哪裡度過莫斯科的第一天呢？當然是在阿爾巴特大街。戴恩、皮耶爾和蘿拉在阿爾巴特大街玩了一整天。他們在咖啡館裡吃了午飯，休息了一會兒，決定去普希金造型藝術博物館。但是他們誰都不清楚，博物館具體在哪裡。他們決定向路人打聽一下。戴恩走到一個年輕人面前，問他：

「請問，普希金博物館在哪裡？」

「在沃爾洪卡，距離克魯泡特金地鐵站不遠。」年輕人回答他。

「那怎麼樣才能到博物館呢？」

「最方便的方式是乘坐地鐵，旁邊就是阿爾巴特地鐵站。」

「那步行可以到達博物館嗎？是不是很遠？」

「不遠。沿著果戈里林蔭道一直走到克魯泡特金地鐵站，地鐵站的左邊就是博物館了。」

「我太累了，不想步行。我要叫計程車。」蘿拉說。

「我坐地鐵。聽說，莫斯科的地鐵非常漂亮和舒適。」戴恩說。

「那麼我步行。步行對身體有益。我們看一看，誰第一個到！」皮耶爾說。

皮耶爾走到博物館20分鐘。他沿著果戈里林蔭道一直走，穿過林蔭道就走到了克魯泡特金地鐵站，然後他向左拐就到了博物館。當他到博物館的時候，他的朋友們還沒到。15分鐘後，戴恩來了，他乘坐的是地鐵。

「發生了什麼事，戴恩？為什麼你坐了那麼長的時間？」皮耶爾奇怪地問。

「地鐵裡人很多，而我迷路了：應該從阿爾巴特站轉乘列寧圖書館站，然後到克魯泡特金站，可是我轉到亞歷山大花園站，出來向克里姆林宮走去，我只好又回到地鐵站轉乘到列寧圖書館站。」

又過15分鐘，蘿拉來了。

「蘿拉，我們等妳有半個小時了，妳去哪裡了？」戴恩和皮耶爾喊起來。

「我坐上計程車就塞車了。在莫斯科有那麼多的汽車啊！我要是步行就好了！」蘿拉疲倦地說。

「我非常滿意。」皮耶爾說，「我沿著果戈里林蔭道一直走，看見了俄羅斯作家果戈里的紀念碑和美麗的古老建築。散步是非常愜意的。」

單詞

кафе́	中	咖啡廳
изобрази́тельный	形	描寫的，造型的
прохо́жий	陽	①過路的 ②(用作名詞) 過路的人
добира́ться добра́ться	未 完	(до кого́-чего́) （好不容易地）到達
го́голевский	形	果戈里的
бульва́р	陽	（城市街道中央的）林蔭道

повернуть	完	(кого-что) 擰轉，扭轉；拐彎；拐向
повёртывать	未	
заблудиться	完	迷路
заблуждаться	未	
пересадка	陰	中途換乘（車、船等）
пробка	陰	壅塞，堵塞，塞車
приятный	形	令人高興的，愜意的，可愛的

⊙ 人名

Дэн　戴恩

Пьер　皮耶爾

Лора　蘿拉

⊙ 地名

Волхонка　沃爾洪卡

Кропоткинская　克魯泡特金站

Арбатская　阿爾巴特站

6

頁191：13a

莫斯科報紙文摘

九月份我們和莫斯科賓館告別

2003年秋天將要拆除著名的莫斯科賓館，在賓館的原址上將要建一座五星級旅遊大廈。對於賓館拆除這一問題討論了很長時間。這個問題很複雜，因為賓館大廈是一座建築古蹟。莫斯科的建築設計師們解釋說，這棟建築物非常老舊，因此在裡面生活和工作很危險。新的旅遊大廈將在3年後落成。

神奇兒童樂園

莫斯科市政府新聞廳發布，在莫斯科姆尼奧夫尼基區不久後將建成一座獨特的娛樂城。為了引起大孩子、小孩子，以及成年人的興趣，那裡將建成一座大型兒童公園，內有獨特的遊樂設施、寓教於樂的場館和體育設施。

12年後莫斯科將要建成六座摩天大樓

莫斯科市政府制定了新的建築規劃，規劃叫做「莫斯科新環」。計畫在城裡建造60座高樓。專業建築設計師們需要起草高樓的方案，並確定這些大樓將建在什麼地方。直到2015年之前，莫斯科將會落成第一批摩天大樓，共六座。

莫斯科將要建成第三條交通環線

現代城市最大的問題之一是交通問題。大量的汽車和城市交通工具在莫斯科市中心的道路上造成塞車。為了解決這個問題，莫斯科要建設第三條交通環線。第三條交通環線的建設將不會破壞城市的歷史和生態環境。

單詞

проща́ться	未	① (с кем) 同……告別
прости́ться	完	②原諒
столи́чный	形	首都的
гости́ница	陰	旅館，旅社
пятизвёздочный	形	五星級的
туристи́ческий	形	旅行的，旅遊的
ко́мплекс	陽	綜合，複合；綜合體，總體
снос	陽	拆除，拆掉
зда́ние	中	（大型的）建築物；樓（房）；大廈
архите́ктор	陽	建築學家，建築師，設計師
объясня́ть	未	(что) 解釋，說明；說明理由
объясни́ть	完	
чу́до	中	奇蹟，神奇
пресс		(複合詞第一部分) 新聞
сообща́ть	未	(кому́ что, о ком-чём) 通知，告訴；報導
сообщи́ть	完	
развлека́тельный	形	供消遣的，供娛樂的
заинтересо́вывать	未	(кого́ чем) 引起興趣，使關心
заинтересова́ть	完	
оригина́льный	形	①原文的，原本的
		②獨創的
		③奇特的
аттракцио́н	陽	遊樂場
уче́бно-игрово́й	形	寓教於樂的
павильо́н	陽	展廳，陳列館
спорти́вный	形	運動的
небоскрёб	陽	摩天大樓
разраба́тывать	未	(что) 制定
разрабо́тать	完	
програ́мма	陰	①節目
		②計畫，規劃
		③（教學）大綱
определя́ть	未	① (что) 確定，斷定
определи́ть	完	② (что) 給……下定義
тра́нспортный	形	運輸的；輸送的
наруша́ть	未	(что)
нару́шить	完	①破壞，干擾
		②違反，違背
экологи́ческий	形	生態（學）的，生態保護的

莫斯科紅場

　　眾所周知，莫斯科的中心是紅場。可是您知道嗎，為什麼莫斯科主要的廣場叫紅場？當然，您是知道的。紅色意味著美麗。廣場的稱呼來自古俄羅斯語單詞「красно」，這是美麗的意思。這種稱法是十七世紀中葉由沙皇命名的，在這之前廣場的名稱很簡單，叫做「大火災」，因為在莫斯科木質房子經常著火。每當敵人逼近城市，莫斯科都會發生很大的火災。火災經常是從克里姆林宮開始的。木造克里姆林宮著火了，木造莫斯科著火了。

　　紅色意味著美麗。俄羅斯的沙皇們是這樣想的，但也曾經有另外的說法。紅色意味著鮮血，因為在這裡，在紅場上發生過許多流血事件。在這裡和敵人進行過許多次殘酷而激烈的戰鬥，所有的叛亂者、小偷、罪犯都在這裡被處以絞刑……有趣的是，在紅場上有一個斷頭臺，這是專門用來執行絞刑的地方，但是在紅場上的斷頭臺卻沒有進行過絞刑。這裡主要是官員宣布沙皇諭旨的地方，在諭旨中沙皇面對老百姓並向他們頒布自己的決定。

　　1611年俄羅斯還沒有合法的沙皇，而敵人又想占領莫斯科，然後把自己所立的沙皇扶上了皇位。公民米寧和波札爾斯基公爵來到紅場，號召人民集資來建立自己的軍隊保衛莫斯科免受敵人侵犯。人民英雄米寧和波札爾斯基公爵領導了解放莫斯科的戰役。1818年，在紅場中心建造了一座紀念碑。這是莫斯科第一座雕刻紀念碑。在1924年之前它一直位於紅場的中心。據說紀念碑妨礙了紅場舉行閱兵式，所以在1924年，當時紅場建立了列寧墓，然後把米寧和波札爾斯基的紀念碑遷移到另一個地方，聖母帡幪大教堂附近。這座教堂現在稱為聖瓦西里大教堂。

　　聖瓦西里大教堂建於1552年，恐怖伊凡在位的時候，為紀念戰勝喀山而建。這個教堂是用白石建成的，由九個帶金色圓頂的小教堂組成。遺憾的是，教堂原貌沒有保存到現在。但是今天這所教堂仍然是莫斯科所有教堂中最美麗的教堂之一，是紅場最美麗的裝飾。

　　在聖瓦西里大教堂的對面，紅場的另一端是歷史博物館，裡面保存著俄羅斯的歷史文物。博物館的地址是紅場1號。從前這個地方是一家古老的中國藥店和中國餐館，彼得一世經常在這裡用餐。1755年創建的莫斯科大學也曾經位於這座建築裡。當時學校只有三個系，哲學系、法律系和醫學系。十九世紀70年代在這個地方又建了一棟新樓，歷史博物館就座落在這裡，還有被稱為「紅場1號」的餐館也位於此地。

　　像其他大城市的主要廣場一樣，紅場也是個商業廣場。早在1520年廣場上建立了一座石質的購物商城，在此可買到所有東西。但是不僅在購物商城可進行買賣交易，從購物商城一直到克里姆林宮城牆的整個紅場都可以進行買賣，在聖瓦西里大教堂周圍也可以。現在在購物商城位置的是莫斯科最大的商店之一——古姆百貨商場。

　　國家所有大型節日以及偉大的勝利都是在紅場慶祝。這裡還多次舉行閱兵式和遊行，所以紅色有了另外一層意思，即「節日的」、「閱兵的」意思，從1918年到1990年在紅場上曾經舉辦過120次閱兵式。但是人們記憶猶新的是兩次最著名的閱兵。第一次是在1941年的十一月7日，當時正在進行戰爭，敵人兵臨莫斯科，士兵從紅場出發參戰保衛首都，他們當中很多人都在莫斯科保衛戰中犧牲了。第二次著名的閱兵式，就是1945年六月24日的勝利閱兵式，全國慶祝戰勝德國法西斯的勝利。

　　1961年四月人們在紅場上，帶著喜悅的微笑，手持鮮花迎接世界上第一位太空人尤里·阿列克謝耶維奇·加加林。

　　近年來，在紅場上經常有著名的音樂家、歌唱家和演員舉行音樂會。國際巨星在這裡演出，

如俄羅斯指揮家兼大提琴家姆斯蒂斯拉夫・羅斯特羅波維奇、西班牙歌劇演員蒙特塞拉特・卡芭葉、著名的英國歌唱家兼作曲家保羅・麥卡尼、俄羅斯歌劇演員德米特里・赫沃羅斯托夫斯基。

　　紅場像一塊磁鐵吸引著來自各地的旅遊者和莫斯科人，不論是節日裡，還是平常的日子裡，也不論晴天還是雨天，紅場總是有許多人，人們來到這裡遊玩、休息、看名勝古蹟、購物。

　　所以直到今天紅場仍然是人們經商、遊樂、過節、娛樂、休息的地方。

單詞

знáчить	未	(что) 意思是
значéние	中	①意思，意義 ②重要性，意義
происходи́ть	未	發生，進行；起源（於）
произойти́	完	
появля́ться	未	出現，到來
появи́ться	完	
укáз	陽	（國家最高機關的）命令
прóсто	副	①簡單 ②語 簡直（是），不過是
пожáр	陽	火災，失火
горéть	未	燃燒，亮著
объяснéние	中	原因，理由，解釋
пролива́ться	未	灑出，流出
проли́ться	完	
жестóкий	形	殘忍的，殘酷的，嚴格的
бой	陽	戰鬥，作戰，打仗
сражéние	中	戰役，會戰
казни́ть	未 完	(когó) 處決，處死刑
бунтовщи́к	陽	暴亂分子
престу́пник	陽	罪犯，犯人
вор	陽	竊賊，小偷
казнь	陰	死刑，處決
обраща́ться	未	(к комý-чемý)（目光、視線）轉向
обрати́ться	完	
закóнный	形	合法的
захвáтывать	未	① (когó-что) 抓取，拿（住）
захвати́ть	完	② (когó-что) 攜帶上，隨身帶上
трон	陽	寶座；帝位，王位
князь	陽	①（封建時代的）公，大公；公爵 ②（沙俄的）公爵爵位
призы́в	陽	請求，呼籲；號召
возглавля́ть	未	(что) 領導；率領；主持
возглáвить	完	

освобожде́ние	中	分離，釋放，解放
поста́вить	完	放置；擺放
ста́вить	未	
скульпту́рный	形	雕刻品的，雕刻用的
меша́ть	未	(кому́-чему́) 打擾，妨礙
помеша́ть	完	
пара́д	陽	閱兵（式）；（大）檢閱；慶祝遊行
состоя́ть	未	(不用一、二人稱) ① (из кого́-чего́) 由……組成 ② (в чём) 在於
це́рковь	陰	教堂
первонача́льный	形	①最初的；原有的 ②初期的 ③基本的
сохрани́ться	完	保持下來
сохраня́ться	未	
напро́тив	副	①在對面，在對過 ②相反，另一樣
кита́йский	形	中國的；中國人的
филосо́фский	形	哲學的，哲理的，明哲的
юриди́ческий	形	法律（上）的；司法的；法學的
медици́нский	形	醫學的；醫療的
торгова́ть	未	(кем-чем, с кем-чем或無補語) 做買賣，經商
сторгова́ть	完	
террито́рия	陰	領土，疆域；區域
отмеча́ть	未	作記號，標出，登記，記錄，注意到
отме́тить	完	
демонстра́ция	陰	遊行
фаши́стский	形	法西斯主義的；法西斯分子的
дирижёр	陽	指揮員
виолончели́ст	陽	大提琴家，大提琴手
о́перный	形	歌劇的
магни́т	陽	磁體，磁鐵，磁石
притя́гивать	未	吸引，有吸引力
притяну́ть	完	
достопримеча́тельность	陰	名勝古蹟
по-пре́жнему	副	依舊，仍然
развлека́ться	未	解悶，開心，娛樂，消遣
развле́чься	完	

6

Ми́нин　米寧

Пожа́рский　波札爾斯基

Мстисла́в Ростро́пович　姆斯蒂斯拉夫‧羅斯特羅波維奇

Монсерра́т Кабалье́　蒙特塞拉特‧卡芭葉

Пол Маккартни́　保羅‧麥卡尼

Дми́трий Хворосто́вский　德米特里‧赫沃羅斯托夫斯基

◉ 地名

Кремль　克里姆林宮

Мавзоле́й В. И. Ле́нина　列寧墓

Покро́вский собо́р　聖母帡幪大教堂

собо́р Васи́лия Блаже́нного　聖瓦西里大教堂

頁203：25a

耶穌救世主大教堂的歷史

　　1812年十二月二十五日俄國結束了與拿破崙的戰爭。當拿破崙軍隊最後一個士兵離開俄國的土地時，沙皇亞歷山大一世下令建造一座紀念碑——耶穌救世主大教堂，紀念俄國戰勝敵人、獲得勝利。這座大教堂應該成為全民宮殿的象徵，歷經歲月，提醒人民不要忘記戰勝拿破崙的偉大勝利，人們把這座教堂叫做耶穌救世主大教堂。

　　1816年俄羅斯藝術科學院宣布教堂最佳設計方案競賽，二十名競爭者呈上自己的設計方案。雖然俄國以及國外許多著名藝術家和建築師參加了這次競賽，但是最終獲勝的是一名最年輕的參賽者，亞歷山大‧拉弗連季耶維奇‧維特別爾格，他是藝術學院的畢業生。

　　維特別爾格決定在山上建造這座教堂，雖然大家向他提供了莫斯科幾個比較高的地方，但是他卻選擇了麻雀山的制高點，這個地方就是現在的羅蒙諾索夫國立莫斯科大學主樓所在地。很多年後，契訶夫對此地做了如下描述：「如果有人想要瞭解俄羅斯，就應該從這裡看望莫斯科。」這是一個規模宏大的設計，成千上萬的人為它的建設投資，但是很遺憾，沒有建成。1825年，亞歷山大一世逝世，1827年建築停工了。

　　俄國新沙皇尼古拉一世決定繼續建造這座教堂，但是卻採用了另外的設計方案。他認為，麻雀山離莫斯科太遠了，於是親自在莫斯科河畔選擇一個地方，緊鄰克里姆林宮。接著沙皇又親自找來一位名叫康斯坦丁‧安德列耶維奇‧托恩的建築師。托恩曾在俄國和義大利學習，鑽研古代義大利建築，但是他對俄國的建築感興趣。托恩不僅是一位好建築師，而且還是一位很有才華的工程師。

　　1838年根據托恩的設計方案，開始了新一輪教堂建設。教堂建設工程進行得很緩慢，有兩方面因素：第一，國家投資少；第二，建設者們精益求精，要知道，他們要把它建成一座流芳百世的教堂。教堂於1859年竣工。此後藝術家們開始了藝術創作，創作持續了20年，由於參與的藝術家眾多且風格迥異，使這座教堂的設計在眾多建築中獨具一格。從城市的任何一個角落都能看見耶穌救世主大教堂的金色圓頂。它仿佛高踞於莫斯科之上。這是城市最高的建築，它高達103公尺。教堂的周圍有小陽臺，從這裡可以俯瞰整個莫斯科全景。

多年來，耶穌救世主大教堂都是人民最喜愛的教堂之一。這裡可以同時容納7200人。在大型宗教節日時，教堂裡面可聚集上萬人。教堂的牆壁是由大理石鑲嵌而成的，上面刻有1812年衛國戰爭英雄們的姓名。當人們來到教堂時，他們讀著這些名字，然後又親筆寫上自己在戰爭當中犧牲的朋友、親人的名字。

二十世紀30年代史達林當政，蘇聯政府決定改變莫斯科的歷史中心。蘇聯建築師設計了一個方案，按照此方案在教堂的原址建立蘇維埃宮，作為蘇維埃政權的象徵，於是教堂被拆毀了。但是蘇維埃宮一直沒有建成，蘇聯建築師的新方案被終止了，因為偉大衛國戰爭開始了。戰爭結束後，在教堂的原址又蓋了名為「莫斯科」的露天游泳館。

在改革開放年代，俄羅斯開始復興，俄羅斯傳統以及俄羅斯正教會也開始復興。1994年秋天，莫斯科市政府決定重建這座民間集資的耶穌救世主大教堂。它是1812年衛國戰爭的紀念。新的大教堂不只是莫斯科人在建造，還有成千上萬的人從俄羅斯、白俄羅斯、烏克蘭寄來資金。2000年教堂竣工。在耶誕節人們又見到了教堂的金色圓頂，再次聽到教堂的鐘聲響起。像從前一樣，這座教堂不僅是俄羅斯最大的教堂，而且是世界上最大的東正教教堂。

單詞

храм	陽	宮殿，教堂
си́мвол	陽	象徵，標誌；符號，記號
объявля́ть объяви́ть	未 完	(что, о чём) 告知，公布
уча́стник	陽	參加者，參與者
прое́кт	陽	設計（圖）；方案
победи́тель	陽	勝利者，戰勝者；優勝者
выпускни́к	陽	畢業生
импера́тор	陽	皇帝
сли́шком	副	太，過於，過分
причи́на	陰	原因，緣故，理由，根據
со́весть	陰	良心
ку́пол	陽	圓頂
метр	陽	米，公尺
панора́ма	陰	全景
одновреме́нно	副	同時
внутри́	副	在內部，在裡面
мра́морный	形	大理石（製）的
власть	陰	(只用單數)（掌管國家的）權力，政權
возрожде́ние	中	恢復，重建
правосла́вный	形	東正教的；信奉東正教的
восстана́вливать восстанови́ть	未 完	恢復，修復
ко́локол	陽	鐘聲，鈴聲

Христóс Спаси́тель 耶穌救世主

Наполеóн 拿破崙

Алексáндр Лаврéнтьевич Витбéрг 亞歷山大‧拉弗連季耶維奇‧維特別爾格

Константи́н Андрéевич Тон 康斯坦丁‧安德列耶維奇‧托恩

И. В. Стáлин 史達林

◉ 國名

Белорýссия 白俄羅斯

Украи́на 烏克蘭

頁206：28б

在城市裡

「你好,讓!這是列昂。」

「你好,列昂!你從哪裡打來電話,莫斯科嗎?」

「不,我將在週六飛往莫斯科。你能來接我嗎?我完全不會説俄語,也認不得城市。」

「當然,我一定會去接你。你坐哪個航班?」

「從巴黎來的721次航班。」

「喂,請問是機場詢問處嗎?」

「機場詢問處,請説。」

「請告訴我從巴黎來的721次航班什麼時候到?」

「請等一下……從巴黎來的721次航班15點30分到達謝列梅捷沃國際機場二號航廈。」

「謝謝。」

「維克多,我需要你的建議。」

「好的,請説。」

「怎樣可以最快到達謝列梅捷沃國際機場二號航廈?」

「可以乘地鐵到河運碼頭站,這是終點站,然後乘坐機場專線班車。」

「那機場專線班車停在哪裡呢?」

「從地鐵出來朝著廣場一直走。不過如果你很趕,可以招計程車。」

「這很貴嗎?」

「計程車總是很貴。你自己決定。」

「我有時間,我坐地鐵去。」

「列昂,見到你真是太高興了!旅途怎麼樣?」

「一切順利!謝謝你來接我。」

「你現在有什麼計畫?」

「我們先去旅館。你知道服務好、價格低廉的旅館嗎?」

「我們去列寧大街上的南方賓館。」
「好。」
「計程車！」

「是空車嗎？」
「當然，請上車，你們要去哪？」
「列寧大街南方賓館。」
「好，給我你們的行李。我把它們放到後車廂。」
「遠嗎？」
「如果不塞車，很快就到了。」

「晚上好！有什麼需要我幫忙的？」
「我的朋友需要一間價格便宜、各種設備齊全的單人房。」
「您需要住多長時間？」
「一周。多少錢？」
「單人房一晚1500盧布。」
「早飯包含在單人房費裡了嗎？」
「當然，早飯從7點到11點，餐廳在一樓。」
「太好了。這對我們很合適。」
「那麼，請您填表。寫上您的護照資訊，在這裡簽上日期和姓名。」

「這是您的鑰匙：三樓312號房。」
「那電話呢？房間裡有電話嗎？」
「是的，當然有，房間裡有電話、電視、冰箱和保險櫃。」
「謝謝。」
「不客氣，如果您還有什麼問題，可以問我們的行政人員。」

「晚上好！你們需要什麼？」
「晚上好，我們想要吃晚餐。」
「到這兒來，請坐。這裡有空位子，請看一下菜單。」
「您推薦我們點什麼呢？」
「我建議你們看一下我們店的招牌菜：魚拌鮮蔬，甜食是草莓奶昔和咖啡。」
「好，再要兩杯橙汁。」

「你好，列昂！你覺得莫斯科怎麼樣？」
「莫斯科太美了！克里姆林宮、紅場、耶穌救世主大教堂，還有麻雀山……現在我想參觀彼得堡。」
「好主意。今年彼得堡已經有300年歷史了，五月曾有很隆重的慶典。現在彼得堡的白夜非常美麗。我很想去那裡。」
「讓我們一起去吧！」

「您好，這裡是訂票處！」

「您好，我想訂2張去彼得堡的票」

「幾號的？」

「六月25日的。」

「早上還是晚上？」

「最好是早上。」

「有2班車，早上7點和中午11點的。」

「七點的車坐多長時間？」

「5個小時，中午12點到彼得堡。」

「好吧，我訂2張早上7點的票。」

「您的票一共1400盧布。火車7點鐘從列寧格勒火車站出發。票給您送去哪裡呢？」

「列寧大街南方賓館312號房。」

「六月23日給您送到。」

「謝謝。」

單詞

рейс	陽	航程，航行
спра́вочный	形	備查的，參考的，詢問的
аэропо́рт	陽	航空站，機場
речно́й	形	河流的，江河的
маршру́тный	形	航線的，路線的
долета́ть	未	(до кого́-чего́) 飛到
долете́ть	完	
оте́ль	陽	旅館，飯店（通常指外國的）
бага́жник	陽	背箱；貨架子；（飛機的）行李艙
одноме́стный	形	單人的
удо́бство	中	①便利，方便，舒適 ②(常用複數)（方便的）設備，條件
заполня́ть	未	(что)
запо́лнить	完	①把……填滿，把……裝滿 ②填寫
анке́та	陰	調查表；履歷表
па́спортный	形	護照的
да́нные	複	資料，材料；數據
по́дпись	陰	（親筆）簽字，簽名
ключ	陽	鑰匙
сейф	陽	保險櫃，保險箱
администра́тор	陽	（行政）首長；負責人
фи́рменный	形	商號的，商行的

десе́рт	陽	甜食；水果	
клубни́ка	陰	草莓	
взби́тый	形	攪起泡沫的	
сли́вка	陰	奶油	
отправля́ться	未	前往；開出；離開	
отпра́виться	完		
зака́з	陽	①訂購；訂製 ②訂貨，訂製品，訂購品	
доставля́ть	未	① (кого́-что) 送到，運到；送交，傳送	
доста́вить	完	② (что) 給予，提供	

⊙ 人名

Жан 讓

Лео́н 列昂

⊙ 地名

Пари́ж 巴黎

二 語法

1. 名詞變格法與複數各格的變化（代詞、形容詞與名詞連用，請參考《走遍俄羅斯2》第六課的
   表1、表2、表3 及本《自學輔導手冊》第一課內容）

   俄語名詞的變格分為三種變格法：

變格法	性	第一格形式標誌	例詞
第一變格法	陽性	以子音結尾	го́род
		以軟音符號-ь結尾	слова́рь
	中性	以-o結尾	сло́во
		以-e結尾	мо́ре
第二變格法	陰性	以-a結尾	кни́га
		以-я結尾	неде́ля
	陽性	以-a，-я結尾	мужчи́на
第三變格法	陰性	以-ь結尾	тетра́дь

　　上面講的三種變格法主要涉及名詞單數形式的變格，至於名詞複數形式的變格，則三種變格
法的共同處很多：第三、五、六格詞尾相同，第四格體現「動二非一」原則，即動物名詞第四格
同第二格，非動物名詞第四格同第一格。這樣，值得注意的只有複數第二格了。請看下表。

一	（заво́д）зово́ды	（геро́й）геро́и	（ого́нь）огни́
二	заво́дов	геро́ев	огне́й
三	заво́дам	геро́ям	огня́м
四	заво́ды	геро́и	огни́
五	заво́дами	геро́ями	огня́ми
六	о заво́дах	о геро́ях	об огня́х

一	（сло́во）слова́	（по́ле）поля́	（зда́ние）зда́ния
二	слов	поле́й	зда́ний
三	слова́м	поля́м	зда́ниям
四	слова́	поля́	зда́ния
五	слова́ми	поля́ми	зда́ниями
六	о слова́х	о поля́х	о зда́ниях

一	（же́нщина）же́нщины	（дере́вня）дере́вни	（а́рмия）а́рмии
二	же́нщин	дереве́нь	а́рмий
三	же́нщинам	деревня́м	а́рмиям
四	же́нщин	дере́вни	а́рмии
五	же́нщинами	деревня́ми	а́рмиями
六	о же́нщинах	о деревня́х	об а́рмиях

一	（тетра́дь）тетра́ди	（степь）сте́пи
二	тетра́дей	степе́й
三	тетра́дям	степя́м
四	тетра́ди	сте́пи
五	тетра́дями	степя́ми
六	о тетра́дях	о степя́х

1) 第一變格法複數第二格的詞尾

   (1) 第一變格法名詞複數第二格的詞尾-ов、-ев、-ёв、-ей。

      ①以硬子音結尾的陽性名詞，複數第二格為-ов。如：заво́д － заво́дов（工廠），учени́к － ученико́в（中小學男生）。

      ②複數第一格以-ья結尾的名詞，第二格詞尾為-ьев。如：стул － сту́лья － сту́льев（椅子）；當-ья上有重音時，複數第二格的詞尾為-ей。陽性名詞，如：друг － друзья́ － друзе́й（朋友），сын － сыновья́ － сынове́й（兒子）。中性名詞，如：перо́ － пе́рья － пе́рьев（羽毛），де́рево － дере́вья － дере́вьев（樹），крыло́ － кры́лья － кры́льев（翅膀）。

③以-й結尾的名詞（бой、герóй、музéй等），複數第二格詞尾有重音時是-ёв，如бой – боёв（戰鬥），沒有重音時是-ев，如герóй – герóев（英雄）。

④單數第一格以-ь結尾，或ж、ч、ш、щ結尾，複數第一格詞尾是-и的陽性名詞，複數第二格的詞尾為-ей。例如：

單數第一格	複數第一格	複數第二格
вождь	вожди́	вожде́й
огóнь	огни́	огне́й
нож	ножи́	ноже́й
врач	врачи́	враче́й
каранда́ш	карандаши́	карандаше́й
това́рищ	това́рищи	това́рищей

(2) 某些陽性名詞，複數第二格禿尾，常用詞如下：

單數第一格	複數第一格	複數第二格
глаз	глаза́	глаз
партиза́н	партиза́ны	партиза́н
солда́т	солда́ты	солда́т
сапóг	сапоги́	сапóг
челове́к	лю́ди	челове́к

(3) 以-о結尾的中性名詞（複數以-ья結尾者除外）第二格禿尾。例如：слóво – слова́ – слов（詞），окнó – óкна – óкон（窗），письмó – пи́сьма – пи́сем（信）。

(4) 以-ие、-ье 結尾的中性名詞，複數第二格以-ий 結尾。例如：собра́ние – собра́ний（會議），выступле́ние – выступле́ний（發言），воскресе́нье – воскресе́ний（星期日）。

2) 第二變格法

(1) 以-а、-я結尾的名詞複數第二格禿尾。例如：

單數第一格	複數第一格	複數第二格
кни́га	кни́ги	книг
гора́	гóры	гор
дере́вня	дере́вни	дереве́нь

注：個別複數第二格的詞尾為-ей。如：ю́ноша – ю́ношей（青年），дя́дя – дя́дей（叔叔），свеча́ – свече́й（蠟燭）。

以-я結尾的名詞，複數第二格禿尾。如пе́сня – пе́сен（歌曲），чита́льня – чита́лен（閱覽室）。有的詞，書寫上末尾帶軟音符號。如：ку́хня – ку́хонь（廚房）。

(2) 以-ия結尾的名詞，複數第二格以-ий結尾。

單數第一格	複數第一格	複數第二格
а́рмия	а́рмии	а́рмий
мо́лния	мо́лнии	мо́лний
ста́нция	ста́нции	ста́нций

注：семья́（家）複數第二格為семе́й。

3) 第三變格法

　以-ь結尾的陰性名詞，複數第二格詞尾為-ей。例如：

單數第一格	複數第一格	複數第二格
тетра́дь	тетра́ди	тетра́дей
ночь	но́чи	ноче́й
ло́шадь	ло́шади	лошаде́й

4) 特殊變化的名詞

　　有些名詞變化特殊。例如：

格＼詞	вре́мя（以-мя結尾）	мать (дочь)	путь
一	времена́	ма́тери	пути́
二	времён	матере́й	путе́й
三	времена́м	матеря́м	путя́м
四	времена́	матере́й	пути́
五	времена́ми	матеря́ми	путя́ми
六	о времена́х	о матеря́х	о путя́х

2. 帶條件從句的主從複合句

　　在複合句中，條件關係用條件從句表示。條件從句借助於連接詞е́сли （е́сли...，　то...）、раз (раз..., то...)等與主句連接，説明主句中事實或可能發生的條件。例如：

> **Если** за́втра бу́дет хоро́шая пого́да, **то** мы пое́дем за́ город.
> 如果明天天氣好的話，我們就到郊外去。
> **Раз** дождя́ нет, зна́чит мо́жно идти́ да́льше.
> 既然沒有雨，這就是説我們可以走了。

　　條件從句可位於主句之前，主句之後或主句中間。例如：

> **Éсли** дождь переста́нет, мы отпра́вимся на рабо́ту.
>
> Мы отпра́вимся на рабо́ту, **éсли** дождь переста́нет.
>
> Мы, **éсли** дождь переста́нет, отпра́вимся на рабо́ту.
>
> 如果雨停了，我們就去上班。

帶éсли的從句在主句之前時，主句中可以用то與之呼應。例如：

> **Éсли** ядро́ разру́шишь, **то** освобожда́ется огро́мная эне́ргия.
>
> 如果使原子核破裂，就會放出巨大的能量。

3. 帶讓步從句的主從複合句

讓步從句回答несмотря́ на что...（儘管怎樣……）的問題。讓步從句擴展整個主句。通常用連接詞хотя́或несмотря́ на то, что（雖然，儘管）與主句連接。例如：

> **Хотя́** стоя́т моро́зы, де́ти ве́село игра́ют на дворе́.
>
> 雖然天氣寒冷，孩子們依然快樂地在外面玩耍。
>
> В степи́ бы́ло ти́хо, па́смурно, **несмотря́ на то, что** со́лнце подняло́сь.
>
> 草原上寧靜，晦暗，雖然太陽已經升起。

帶хотя́的從句位於主句之前時，主句開頭可有но與хотя́呼應。例如：

> **Хотя́** текст был тру́дным, **(но)** он перевёл его́ пра́вильно.
>
> 雖然課文很難，但是他翻譯得很準確。

讓步從句還可用как ни、ско́лько ни等與主句連接。這種從句帶有概括讓步性質，意為「不管（無論）如何（多麼……）」。例如：

> **Как ни** пло́хо он учи́лся, но экза́мен всё-таки сдал.
>
> 不管他學習多麼不好，總算考試及格了。
>
> **Ско́лько** Са́ша **ни** ду́мал, ничего́ не приходи́ло ему́ в го́лову.
>
> 薩沙不管想多久，還是什麼也沒想起來。

為加強語氣，還可帶有бы構成，此時不管涉及的是什麼情況，從句謂語只能用過去時。例如：

> **Как бы** высоко́ **ни оце́нивал** вас, всегда́ име́йте сме́лость сказа́ть себе́: «Я неве́жда».
>
> 不管人們如何高捧您，都要有勇氣說：「我學識淺薄。」

4. 不定人稱句

句中沒有主語，由動詞複數第三人稱形式做主要成分，再加上其他成分構成的句子，叫做不

定人稱句（неопределённо-ли́чное предложе́ние）。這類句子強調行為本身，但不清楚或不知道行為進行者，即不明確指出由誰進行此行為。例如：

> Моско́вский университе́т **основа́ли** в 1755 году́.
> 莫斯科大學創立於1755年。

目 練習題參考答案

頁193：15

1. Вчера́ на экску́рсии мы ви́дели стари́нные зда́ния, кото́рые мне о́чень понра́вились.

2. На вы́ставке я ви́дел прое́кты но́вых совреме́нных городо́в, кото́рых пока́ не существу́ет.

3. В журна́ле «Вокру́г све́та» мо́жно прочита́ть об интере́сных нау́чных экспериме́нтах, кото́рыми занима́ются учёные ра́зных стран.

4. Ка́ждый год в Москве́ стро́ят но́вые жилы́е райо́ны, в кото́рых живу́т и́ли бу́дут жить ты́сячи москвиче́й.

5. В кни́ге «Москва́ и москвичи́» мы прочита́ли о ста́рых моско́вских у́лицах, по кото́рым мы гуля́ли в воскресе́нье с друзья́ми.

6. Сейча́с в Москве́ стро́ят о́чень высо́кие жилы́е дома́, из о́кон кото́рых мо́жно уви́деть весь го́род.

頁194：16

1. по кото́рым
2. с кото́рыми
3. кото́рых
4. кото́рые
5. кото́рых
6. кото́рым
7. к кото́рым
8. в кото́рых

頁196：19

Хотя́ мои́ друзья́ предупреди́ли меня́ о своём прие́зде зара́нее, я не смог их встре́тить на вокза́ле.

Хотя́ Парк Побе́ды нахо́дится далеко́ от моего́ до́ма, я ча́сто е́зжу туда́ ката́ться на ро́ликах.

Хотя́ я живу́ в Москве́ то́лько 6 ме́сяцев, я уже́ непло́хо зна́ю го́род.

Хотя́ мы живём с э́той де́вушкой в одно́м до́ме, мы никогда́ ра́ньше не встреча́лись.

Хотя́ в метро́ всегда́ мно́го люде́й, я люблю́ э́тот вид тра́нспорта.

Хотя́ я быва́л ра́ньше в гостя́х у своего́ дру́га, я до́лго не мог найти́ его́ дом.

Хотя́ кварти́ры в э́том до́ме сто́ят о́чень до́рого, их уже́ про́дали.

Хотя́ в Москве́ мно́го кинотеа́тров, я обы́чно смотрю́ фи́льмы до́ма.

6

總詞彙表

基礎單詞

A

автобусный 形 公共汽車的（4）

автограф 陽 ①親筆題詞，簽名；②手稿，真跡（3）

авторучка 陰 自來水筆（5）

агентство 中 代辦處（所）；支行，分店（3）

администратор 陽（行政）首長；負責人（6）

академия 陰 ①科學院；②（某些專門學科的）大學，學院（5）

актриса 陰 女演員（5）

английский 形 英國（人）的（1）

анкета 陰 調查表；履歷表（6）

апельсиновый 形 橙的，橙黃色的（2）

аптека 陰 ①藥店，藥房；②藥箱（5）

аргумент 陽 論據，論點；理由（4）

армия 陰 軍隊（1）

архитектор 陽 建築學家，建築師，設計師（6）

архитектура 陰 ①建築學，建築藝術；②建築式樣，建築風格（5）

аспирантура 陰 ①研究生班；②集 研究生（1）

астроном 陽 天文學家（3）

аттракцион 陽 遊樂場（6）

аэропорт 陽 航空站，機場（6）

Б

багажник 陽 背箱；貨架子；（飛機的）行李艙（6）

балерина 陰 芭蕾舞女演員；舞劇女演員（5）

банк 陽 銀行（4）

бассейн 陽 游泳池（5）

беда 陰 ①不幸；災難；②(用作謂語) 糟糕，倒楣（1）

бизнесмен 陽 生意人（4）

бой 陽 戰鬥，作戰，打仗（6）

болтать 未 亂説，閒談，多嘴（2）

болтливый 形 好閒扯的，愛多嘴多舌的；嘴快的，易洩密的（2）

борода 陰 鬍子（5）

брак 陽 婚姻（5）

бракосочетание 中 結婚儀式，婚禮（5）

брать 未 взять 完 (кого-что)拿，取；選，選擇（2）

бриллиант 陽（加過工的）金剛石，鑽石（3）

бродить 未 遊蕩，徘徊（4）

будить 未 разбудить 完 (кого)叫醒，喚醒（3）

будни 複 日常，平常日子（6）

будущий 形 將來的，未來的；下一次的（1）

букинистический 形 販賣古舊書的，古舊書商的（3）

бульвар 陽（城市街道中央的）林蔭道（6）

бунтовщик 陽 暴亂分子（6）

бурный 形 有暴風雨的；多暴風雨的（4）

В

в результате 結果，歸根到底（5）

вагон 陽 車；車廂（1）

ванильный 形 香草的；香草果的，香精的（2）

варёный 形 煮的（2）

вес 陽 重，重量；分量；體重（3）

взби́тый 形 攪起泡沫的（6）

взгляд 陽 一瞥，視線，目光（1）

взро́слый 形 ①成年的；②(用作名詞)成年人，大人（3）

вино́ 中 酒（多指葡萄酒）（2）

виногра́дный 形 葡萄（製）的（2）

виолончели́ст 陽 大提琴家，大提琴手（6）

витри́на 陰 （商店的）櫥窗（4）

вку́сно 副 津津有味地；很香地（2）

власть 陰 (只用單數)（掌管國家的）權力，政權（6）

влезть 完 влеза́ть 未 爬（3）

влюблённые 複 戀人們（1）

внима́ние 中 ①注意，注意力；②關懷，照顧，體貼（3）

внима́тельно 副 細心地，注意地（2）

внук 陽 ①孫子，外孫；②複 後代，後輩（2）

внутри́ 副 在內部，在裡面（6）

вну́чка 陰 孫女；外孫女（4）

возглавля́ть 未 возгла́вить 完 (что)領導；率領；主持（6）

возду́шный 形 空氣的；大氣的；空中的（5）

возмо́жность 陰 ①可能性；②機會；可能；③(只用複數)潛力；資源（3）

во́зраст 陽 年齡，年紀，歲數（3）

возрожде́ние 中 恢復，重建（6）

вокру́г 副 周圍，四周（1）

волнова́ться 未 взволнова́ться 完 激動（2）

во́лос 陽 毛髮，頭髮（3）

вор 陽 竊賊，小偷（6）

восково́й 形 蒼白的；蠟製的（5）

воспита́ние 中 ①培養，教育；②教養，修養（5）

воспи́тывать 未 воспита́ть 完 ①(кого́) 教育，教養；②(кого́ из кого́, кого́ кем 或 каки́м)把……培養成，把……訓練成；③(что в ком)培養，養成（某種思想、品質、習慣等）；陶冶（5）

восстана́вливать 未 восстанови́ть 完 恢復，修復（6）

восто́к 陽 東；東方；東部（5）

всё-таки 連 然而，不過，到底，究竟（2）

вскружи́ть 完 (кому́)使迷惑；沖昏……的頭腦（5）

вспомина́ть 未 вспо́мнить 完 (кого́-что 或 о ком-чём)記起，想起；回憶起（2）

второ́й 形 次要的，第二位的（1）

вундерки́нд 陽 有特殊才能的兒童，神童（1）

выбира́ть 未 вы́брать 完 ①(кого́-что) 選擇，挑選；②(кого́-что)選舉（2）

выделя́ть 未 вы́делить 完 分出；識別（6）

выздора́вливать 未 вы́здороветь 完 痊癒，復原（4）

выи́грывать 未 вы́играть 完 ①(что)（抽籤）抽中；中彩；②(что)贏，獲勝（3）

выпускни́к 陽 畢業生（6）

вырази́тельный 形 富有表情的（指臉、眼睛等）（4）

вы́ставка 陰 展銷，展銷會（1）

выступа́ть 未 вы́ступить 完 演出；發言（1）

Г

галере́я 陰 ①長廊，迴廊，遊廊；②陳列館，美術博物館（6）

гара́ж 陽 汽車房，汽車庫（5）

генера́льный 形 ①主要的；②總體的（5）

географи́ческий 形 地理（學）的（1）

гимна́зия 陰 （進行普通教育的）中學（5）

гла́вный 形 ①主要的，最重要的；②總的，起主要作用的（2）

глубина́ 陰 ①深度；②(чего́)深處，裡面（6）

глубо́кий 形 深的（6）

го́голевский 形 果戈里的（6）

голла́ндец 陽 荷蘭人（3）

го́лос 陽 ①聲音；②嗓子，嗓音；③聲部；旋律（3）

голубо́й 形 淺藍色的，天藍色的，蔚藍色的（4）

горе́ть 未 燃燒，亮著（6）

гости́ница 陰 旅館，旅社（6）

граждани́н 陽 公民，國民（5）

грандио́зный 形 規模宏大的；宏偉的（6）

грани́ца 陰 界線，邊界；國界（4）

гриб 陽 蘑菇（5）

гру́стный 形 ①憂鬱的，愁悶的，悲傷的；②令人憂愁的（3）

гру́ша 陰 ①梨樹；②梨（5）

гря́зный 形 ①泥濘的；②髒的，不乾淨的（1）

гуманита́рный 形 人文的（5）

гуси́ный 形 鵝的，雁的（5）

гусь 陽 鵝，雁（4）

Д

да́же (用作連接詞)甚至，就連（1）

да́нные 複 資料，材料；數據（6）

дари́ть 未 подари́ть 完 (кому́-чему́ кого́-что)贈送（3）

дать 完 дава́ть 未 給予（1）

дворе́ц 陽 宮殿，宮廷（3）

девятна́дцатый 數 (順序數詞)第十九（3）

действи́тельно 副 的確，確實（3）

дека́брь 陽 十二月（3）

демонстра́ция 陰 遊行（6）

деревя́нный 形 ①木製的；②木結構的（5）

десе́рт 陽 甜食；水果（6）

дешёвый 形 便宜的，廉價的（2）

дирижёр 陽 指揮員（6）

диск 陽 圓盤；圓板；圓片（3）

дисплей 陽 顯示器（5）

диссерта́ция 陰 學位論文（3）

добира́ться 未 добра́ться 完 (до кого́-чего́)（好不容易地）到達（6）

дога́дываться 未 догада́ться 完 領悟；猜到（4）

догова́риваться 未 договори́ться 完 ①談妥，約定；②(до чего́)談到，說到（某種過分程度）（4）

до́ктор 陽 ①醫生，大夫；②博士（學位）（4）

долета́ть 未 долете́ть 完 (до кого́-чего́)飛到（6）

до́ллар 陽 美元（4）

доска́ 陰 ①板，木板；②板狀物，板；③黑板（5）

доставля́ть 未 доста́вить 完 ①(кого́-что)送到，運到；送交，傳送；②(что)給予，提供（6）

доста́точно 副 ①足夠，充分；②(用作無人稱謂語)(кого́-чего́)夠（用），足夠（3）

достопримеча́тельность 陰 名勝古蹟（6）

досу́г 陽 閒暇，閒空（6）

дружи́ть 未 (с кем或無補語)相好，要好（1）

душа́ 陰 心，心靈（2）

дыша́ть 未 呼吸（5）

Е

еди́нственный 形 ①唯一的，只有一個的；②(只用複數)只有幾個的，僅有的（3）

ежедне́вный 形 ①每日的，每天的；②日常的，經常的（3）

Ж

жаль 副 ①(無，用作謂語)(кого́-что, чего́或接動詞原形)可憐，憐憫；②插 遺憾，可惜（4）

жа́реный 形 烤的，炸的，煎的，炒的（2）

жела́ть 未 пожела́ть 完 (кого́-что, чего́，接動詞原形或接連接詞что́бы)願意，希望，渴望；想要（3）

жена́тый 形 結婚的（5）

жени́ться 完 未 (на ком)（男子）結婚，娶妻（3）

же́нщина 陰 女子，女人，婦女（2）

жесто́кий 形 殘忍的，殘酷的，嚴格的（6）

живопи́сный 形 美麗如畫的，景色如畫的（1）

живопись 陰 寫生畫法，彩色畫法（5）

журналист 陽 新聞工作者，新聞記者（1）

журналистика 陰 新聞工作，新聞學（5）

З

заблудиться 完 заблуждаться 未 迷路（6）

забывать 未 забыть 完 ①(кого-что, о ком-чём)忘記，忘掉，忘卻；②(кого-что)遺忘（2）

загадочный 形 莫名其妙的，神祕的（4）

загореть 完 загорать 未 晒黑（4）

задумчивый 形 沉思的，若有所思的；令人沉思的（3）

заинтересовывать 未 заинтересовать 完 (кого чем)引起興趣，使關心（6）

заказ 陽 ①訂購；訂製；②訂貨，訂製品，訂購品（6）

заказывать 未 заказать 完 (что)訂製，訂做，訂購（2）

заканчивать 未 закончить 完 (что)完成，做完，結束（3）

законный 形 合法的（6）

закрывать 未 закрыть 完 關閉，蓋上，蒙上（3）

зал 陽 廳，大廳（4）

замечать 未 заметить 完 (кого-что)看見，發現；注意到（1）

замуж 副 出嫁；嫁給（4）

заниматься 未 заняться 完 (чем)學習，工作（2）

занят 陽 (形容詞短尾)忙（4）

запад 陽 西；西方；西部（5）

заплатить 完 платить 未 支付，繳納，償還（2）

заполнять 未 заполнить 完 (что)①把……填滿，把……裝滿；②填寫（6）

запоминать 未 запомнить 完 記住，記牢（5）

зарабатывать 未 заработать 完 (что或無補語)（靠工作）掙，掙得（2）

зарплата 陰 工資（5）

захватывать 未 захватить 完 ①(кого-что)抓取，拿（住）；②(кого-что) 攜帶上，隨身帶上（6）

заяц 陽 野兔，逃票的人（6）

звать 未 позвать 完 (кого)①招呼，呼喚，叫來；②邀請（1）

звезда 陰 ①星，星座；②明星，名人（3）

звонить 未 позвонить 完 ①(во что或無補語)按（鈴）；②（鈴、鐘）響，打電話（3）

звонок 陽 鈴（3）

здание 中（大型的）建築物；樓（房）；大廈（6）

зелёный 形 綠（色）的（1）

злой 形 惡的；凶狠的；惡意的（4）

знакомиться 未 познакомиться 完 ①(с кем) 與……相識；②(с чем)瞭解，熟悉（1）

знакомый 形 ①(кому)熟悉的；②(с кем-чем)和……相識的（4）

знаменитый 形 有名的，著名的（2）（4）

значение 中①意思，意義；②重要性，意義（6）

значить 未 (что)意思是（6）

золотой 形 金的，金色的（4）

зонтик 陽 傘（3）

зоопарк 陽 動物園（2）

зритель 陽 觀眾（5）

зубной 形 牙科的，牙的（4）

зять 陽 ①女婿；②姊夫；妹夫（4）

И

игрушка 陰 玩具；玩物（3）

идея 陰 ①思想，觀念；②主意，念頭（3）

извинить 完 未 (кого)原諒，饒恕（4）

изобразительный 形 描寫的，造型的（6）

изобретатель 陽 發明人，發明家（5）

изучать 未 изучить 完 研究；調查；學習（2）

икóна 陰 聖像（4）

икрá 陰 ①魚子醬；②（蔬菜做的）醬（2）

и́менно 語 正是，就是，恰恰是（3）

импера́тор 陽 皇帝（6）

импе́рия 陰 帝國（6）

инжене́р 陽 工程師（6）

иностра́нный 形 ①外國的；②對外的（1）

интеллиге́нтный 形 知識分子的（5）

интервью́ 中 不變 對記者發表的談話，回答記者的問題（5）

интересова́ться 未 (кем-чем)感興趣，對……有興趣；關心（1）

информа́ция 陰 資訊，訊息（3）

и́скренний 形 真誠的（5）

испóлниться 完 исполня́ться 未 年滿……歲（6）

испы́тывать 未 испыта́ть 完 試驗；考驗（5）

истори́ческий 形 ①歷史的；②歷史上真實的，合乎實際情形的（4）

италья́нский 形 義大利（人）的（1）

K

кавка́зский 形 高加索的（5）

казни́ть 未 完 (когó)處決，處死刑（6）

казнь 陰 死刑，處決（6）

как рáз 正好（4）

как-то 副 不知怎樣地；在某種程度上；有一次（5）

кандида́т 陽 ①候選人，候補人；②(чегó)（某學科的）副博士（5）

кани́кулы 複 （學校或某些國家議會的）假期；假（3）

кáрта 陰 ①地圖，（天體或星）圖；②複 紙牌（1）

картóшка 陰 馬鈴薯（2）

карье́ра 陰 ①升遷；官運；前程，功名，名利；②職業，事業（5）

кáсса 陰 收銀機；售票處（3）

катастрóфа 陰 慘禍，災難；慘劇（5）

ката́ться 未（乘車、船等）遊玩；騎，滑，溜（1）

катóк 陽 滑冰場（1）

кафé 中 咖啡廳（6）

кекс 陽（通常帶葡萄乾的）奶油蛋糕（2）

кера́мика 陰 ①陶器工業；製陶術；②集 陶器（3）

килогра́мм 陽 公斤，千克（2）

киломе́тр 陽 公里，千米（6）

кинорежиссёр 陽 電影導演（5）

кита́йский 形 中國的；中國人的（6）

класси́ческий 形 經典的；古典的（5）

клóун 陽（馬戲團的）丑角，小丑（1）

клубни́ка 陰 草莓（6）

ключ 陽 鑰匙（6）

князь 陽 ①（封建時代的）公，大公；公爵；②（沙俄的）公爵爵位（6）

колбаса́ 陰 灌腸，香腸，臘腸（2）

колле́га 陽 陰 同事（5）

колле́кция 陰（整套的、成套的）搜集品，收藏品（3）

кóлокол 陽 鐘聲，鈴聲（6）

кольцó 中（常指金屬的）環，圈（4）

компа́ния 陰 公司（5）

кóмплекс 陽 綜合，複合；綜合體，總體（6）

компози́тор 陽 作曲家（2）

компью́тер 陽 電腦（3）

компью́терный 形 電腦的（1）

конди́терский 形 製作糖果點心的；賣糖果點心的（5）

коне́ц 陽 ①盡頭，終點；②末尾，結束（2）

кóнкурс 陽 比賽，競賽，選拔賽；比賽會（1）

консервато́рия 陰 音樂學院（1）

конфе́ты 複 糖果（3）

конце́рт 陽 音樂會，演奏會，歌舞演出（3）

конце́ртный 形 音樂會的（6）

коньки́ 複 ①(單數形式為конёк 陽)冰刀；冰鞋；②滑冰（運動）（1）

копе́йка 陰 戈比（2）

копчённый 形 燻製的，燻黑了的（2）

кора́бль 陽 ①艦；船；②飛船；飛艇（4）

корреспонде́нт 陽 ①通信人，通信者；②（新聞）記者，通訊員（5）

коса́ 陰 髮辮，辮子（4）

косми́ческий 形 宇宙的；航太的；宇宙航行的（4）

космона́вт 陽 太空人，宇宙航行員（2）

космона́втика 陰 航太學；太空工程學（5）

ко́смос 陽 宇宙（2）

костю́м 陽 服裝，衣服（5）

кот 陽 公貓（3）

ко́фе 陽 不變 咖啡（2）

ко́шка 陰 貓；雌貓（3）

кру́пный 形 ①大的；（尺寸、體積）大的；②有名望的，重要的（3）

кры́мский 形 克里米亞半島的（4）

кста́ти 副 ①正是時候，恰好；②順便（5）

ку́кла 陰 娃娃，木偶（3）

ку́льтовый 形 ①祭祀的；祭禮的；②受特定群體歡迎的；在特定群體中流行的（5）

культу́ра 陰 ①(只用單數)文化，文明；②(只用單數)種植，培植；③（農）作物（5）

купа́ться 未 洗澡，沐浴；游泳（4）

ку́пол 陽 圓頂（6）

курс 陽 ①年級；②複 專修課，培訓（1）

Л

ла́дно 副 ①(用作謂語)(кого́-чего́或接動詞原形) 夠了，行了；②(用作肯定語氣詞)行，可以（3）

ла́сковый 形 親暱的，溫存的（4）

ледни́к 陽 冰川，冰河（5）

лека́рство 中 藥，藥品，藥劑（5）

лета́ть 未 會飛，飛（2）

лёд 陽 冰（5）

лимо́нный 形 ①檸檬（製）的；②淡黃色的，檸檬色的（4）

ли́ния 陰 線，線條（6）

литерату́ра 陰 書籍，圖書，著作，專著；文獻（2）

литр 陽 公升（2）

лицо́ 中 臉，面孔（2）

любо́вь 陰 ①愛；②愛情；③(只用第一格形式)戀人（4）

любо́й 形 任何的，不論什麼樣的，隨便哪一個的（2）

M

магни́т 陽 磁體，磁鐵，磁石（6）

ма́ленький 形 小的（1）

ма́ло 副 少，不多；不足（1）

марш 陽 ①（佇列的）步法；②行軍（5）

маршру́тный 形 航線的，路線的（6）

матема́тик 陽 數學家（4）

материа́льный 形 ①物質的；②材料的（5）

матро́с 陽 水兵；水手（4）

медици́нский 形 醫學的；醫療的（6）

междунаро́дный 形 國際的（1）

мело́дия 陰 旋律，曲調（5）

меню́ 中 不變 ①飯菜，菜餚；②食譜，菜單（2）

металли́ческий 形 金屬的（5）

метр 陽 米，公尺（6）

метрополите́н 陽 地下鐵道，地鐵（6）

мечта́ть 未 (о ком-чём, 接動詞原形或無補語)夢想，幻想；憧憬，嚮往（2）

меша́ть 未 помеша́ть 完 (кому́-чему́)打擾，妨礙（6）

миг 陽 瞬間（2）

миллиа́рд 陽 ①(用作數詞)十億；②(常用複數)億萬（6）

миллио́н 陽 ①(用作數詞)百萬；②(常用複數)無數，千百萬；千百萬人（6）

миллионе́р 陽 百萬富翁（4）

минера́льный 形 礦物的，含礦物的（2）

мла́дший 形 ①年紀較小的，年紀最小的；②（級別、職位等）較低的，下級的

（3）

мобильный 形 移動通信的（3）

модный 形 時髦的，時尚的；流行的（5）

модуль 陽 元件，部件；（太空飛行器的）艙（5）

может быть 插 可能；也許；或許（1）

молодёжь 陰 集 青年（們）；年輕人（1）

молчáть 未 沉默，不作聲（2）

морóженое 中 冰淇淋（2）

морскóй 形 海的，海洋的（2）

мрáморный 形 大理石（製）的（6）

муж 陽 丈夫（4）

мультфильм 陽 動畫片，卡通片（1）

мы́шка 陰 (мышь的指小形式)鼠，耗子（5）

мышь 陰 鼠，耗子（3）

мя́со 中（食用的）肉，肉類（2）

H

надёжный 形 安全的，可靠的，牢固的（6）

назвáние 中 ①名稱；②(常用複數)（書籍、刊物的）一種（1）

называ́ться 未 назва́ться 完 ①(кем-чем)自稱是，自命為；②（被）稱為，說成是（1）

наконéц 副 最後，末了；終於（1）

напрóтив 副 ①在對面，在對過；②相反，另一樣（6）

нарушáть 未 нару́шить 完 (что)①破壞，干擾；②違反，違背（6）

настоя́щий 形 ①現在的，目前的；②真的，真正的（3）

настроéние 中 (常帶定語)情緒，心情（3）

находи́ть 未 найти́ 完 尋找，發現，看到（1）

находи́ться 未 在，位置在，位於，處於（1）

начáльник 陽 首長；主任（4）

небоскрёб 陽 摩天大樓（6）

невéста 陰 新娘（5）

недорогóй 形 便宜的（2）

незнакóмка 陰 陌生的女人（2）

нéкоторый 代，不定 ①某，某一；②不多的，不大的；③(只用複數)一部分（3）

ненави́деть 未 (когó-что)痛恨，仇恨，憎恨（5）

необы́чный 形 不同尋常的，不一般的（3）

непреры́вный 形 連續不斷的，不停頓的，不間斷的（5）

неприя́тный 形 不愉快的（2）

никакóй 代，否定 任何的（都不），無論怎樣的（都不）（4）

ночнóй 形 夜間的（3）

нрáвиться 未 понрáвиться 完 (кому́)喜歡，愛好（1）

O

обая́тельный 形 有吸引力的，引人入勝的（5）

обéдать 未 пообéдать 完 吃（午）飯（2）

обозревáтель 陽（報紙、雜誌的）評論員（5）

оборýдование 中 設備，裝置（6）

образовáние 中 建立，構成，教育（5）

образóванный 形 受過教育的；有學問的（5）

обращáть 未 обрати́ть 完 (что на что)把……轉向；把（目光、視線）引向（2）

обращáться 未 обрати́ться 完 (к кому́-чему́)（目光、視線）轉向（6）

обсуждáть 未 обсуди́ть 完 (что)討論，商議；商量（5）

общи́тельный 形 平易近人的，好交際的（5）

объявлéние 中 聲明；通知（5）

объявля́ть 未 объяви́ть 完 (что, о чём)告知，公布（6）

объяснéние 中 原因，理由，解釋（6）

объясня́ть 未 объясни́ть 完 (что)解釋，說明；說明理由（6）

обы́чный 形 ①平常的，通常的；②普通

的，平凡的（2）

овощно́й 形 蔬菜的（2）

огро́мный 形 巨大的，極大的；人數眾多的（2）

одновреме́нно 副 同時（6）

одноме́стный 形 單人的（6）

ока́зываться 未 оказа́ться 完 (каки́м, кем-чем)是，原來是（5）

ока́нчивать 未 око́нчить 完①結束，(чем或на чём)以……結束；②畢業（1）

опа́здывать 未 опозда́ть 完①遲到，未趕上；②(с чем或接動詞原形)耽誤，誤期（3）

о́пера 陰①歌劇；②歌劇院；歌劇團（1）

о́перный 形 歌劇的（6）

определя́ть 未 определи́ть 完①(что) 確定，斷定；②(что)給……下定義（6）

оптими́стка 陰（女）樂觀主義者（5）

орбита́льный 形①軌道的，軌跡的；②眼眶的，眼窩的（5）

оригина́льный 形①原文的，原本的；②獨創的；③奇特的（6）

орке́стр 陽 樂隊；樂隊席，樂池（5）

освобожде́ние 中 分離，釋放，解放（6）

остана́вливаться 未 останови́ться 完①停，停住；②(на чём)停留在（4）

остано́вка 陰①停止，制止，阻止；②（說話、動作等的）停頓，間斷；③公車站（4）

оте́ль 陽 旅館，飯店（通常指外國的）（6）

оте́чественный 形 祖國的，本國的（6）

откры́тка 陰 明信片，美術明信片（3）

отли́чный 形 極好的，出色的，優秀的（4）

отмеча́ть 未 отме́тить 完 作記號，標出，登記，記錄，注意到（6）

отправля́ться 未 отпра́виться 完 前往；開出；離開（6）

отремонти́ровать 完 ремонти́ровать 未 修好；修復（6）

официа́нт 陽（食堂、飯館的）服務生（2）

о́черк 陽①特寫，隨筆；②概論，概要，綱要（4）

очища́ть 未 очи́стить 完 (что)使變潔淨，使乾淨；使純化（1）

П

павильо́н 陽 展廳，陳列館（6）

па́лочка 陰 小棍，小棒，筷子（5）

панора́ма 陰 全景（6）

пара́д 陽 閱兵（式）；（大）檢閱；慶祝遊行（6）

па́рень 陽 青年人，年輕人；小夥子（1）

парово́з 陽 蒸汽機車，火車頭（3）

па́спорт 陽 公民證，身分證；護照（3）

па́спортный 形 護照的（6）

певи́ца 陰 女歌手（3）

педаго́г 陽 教育家；教員，教師（5）

педагоги́ческий 形①教育家的，教師的；②師範的（1）

пе́нсия 陰 養老金，退休金，撫恤金（3）

первонача́льный 形①最初的；原有的；②初期的；③基本的（6）

перево́дчик 陽 翻譯，譯員（5）

перепи́сываться 未 переписа́ться 完 (что)互相通信（4）

переса́дка 陰 中途換乘（車、船等）（6）

перехо́д 陽①轉換，轉移；②走廊，過道（5）

персона́льный 形 個人的；供個人用的（1）

пе́ть 未 спеть 完①(что或無補語) 唱，歌唱；②（鳥等）啼，鳴（3）

пиани́но 中 不變 立式鋼琴（2）

пиро́г 陽（烤的、烙的）大餡餅（或包子）（4）

писа́тель 陽 作家；文人（1）

пла́вать 未 游泳（5）

план 陽①平面圖；②計畫，規劃；③提綱，綱要（3）

плане́та 陰 行星（2）

планета́рий 陽 天文館（3）

пле́нник 陽 俘虜（5）

пляж 陽 浴場；海濱浴場（4）

победи́тель 陽 勝利者，戰勝者；優勝者
（6）

поверну́ть 完 повёртывать 未 (кого-что)擰
轉，扭轉；拐彎；拐向（6）

повести́ 完 實行，進行，舉行（4）

погиба́ть 未 поги́бнуть 完 死亡；滅亡；
（被）毀滅（2）

подгото́вка 陰 ①預備，訓練，培養；②學
識，知識；素養（4）

подмоско́вный 形 莫斯科附近的，莫斯科近
郊的（1）

по́дпись 陰 （親筆）簽字，簽名（6）

подро́бный 形 詳細的，詳盡的（6）

подру́га 陰 女朋友，女伴（3）

поду́мать 完 (о ком-чём, над чем)想一想，
思考一下（3）

пое́здка 陰 （乘車、馬、船等）外出；短期
旅行（6）

пое́хать 完 （乘車、馬、船等）去，前往；
駛往（1）

пожа́р 陽 火災，失火（6）

пожило́й 形 漸近老境的，上了年紀的（2）

поздравля́ть 未 поздра́вить 完 (кого с чем)
祝賀，恭喜（3）

по́зже 副 以後，稍後（1）

пока́ 副 ①一會兒；暫時；現在；至今；②
直到……（為止）（3）

покрасне́ть 完 臉紅了（2）

полёт 陽 飛，飛行（4）

поли́тика 陰 政治；政策（5）

по́лный 形 滿的，胖的（2）

полови́на 陰 半，一半，半個（6）

помо́щница 陰 （女）幫手（5）

попада́ть 未 попа́сть 完 ①(чем в кого-что)
打中，命中；②(во что) 進入（3）

по-пре́жнему 副 依舊，仍然（6）

популя́рный 形 ①通俗的，大眾化的，普及

的；②有聲望的（1）

порабо́тать 完 工作一陣（或一會兒）（3）

после́дний 形 最新的，最近的（1）

посо́льство 中 大使館（5）

поста́вить 完 ста́вить 未 放置；擺放（6）

постоя́нно 副 經常地（3）

потемне́ть 完 темне́ть 未 黑暗起來，暗淡起
來（2）

похо́жий 形 (с кем-чем, на кого-что)相似
的，類似的（2）

поэте́сса 陰 女詩人（4）

появля́ться 未 появи́ться 完 出現，到來（6）

правосла́вный 形 東正教的；信奉東正教的
（6）

предлага́ть 未 предложи́ть 完 ①(что)提
供；②(кого-что，接動詞原形)建議（3）

предпочита́ть 未 предпоче́сть 完 ①(кого-
что кому́-чему́)認為……比……好，比較
喜歡；②(接動詞原形)寧願，寧肯（6）

представля́ть 未 предста́вить 完 ①提出；
呈報；②想像（2）

презента́ция 陰 首發式，首映式（3）

прекра́сный 形 ①非常美麗的；②非常好的
（2）

прекраща́ться 未 прекрати́ться 完 停止，
中斷，不再（6）

пре́мия 陰 獎金；獎品（4）

пресс (複合詞第一部分)新聞（6）

престу́пник 陽 罪犯，犯人（6）

приве́тливый 形 和藹可親的，殷勤的；親
切的（2）

приготовля́вивать 未 пригото́вить 完
①(кого-что)準備好，預備好；②(что)做
好（食物）（4）

приду́мывать 未 приду́мать 完 ①(что)想
出，想到；發明；②(кого-что)臆造，虛
構（5）

призва́ние 中 ①（從事某種工作的）志向；
才能；②使命，天職（5）

призы́в 陽 請求，呼籲；號召（6）

прика́зывать 未 приказа́ть 完 (кому́，接動詞原形)命令；指示，吩咐（1）

принц 陽（西歐的）親王，王子（4）

притя́гивать 未 притяну́ть 完 吸引，有吸引力（6）

причи́на 陰 原因，緣故，理由，根據（6）

прия́тный 形 令人高興的，愜意的，可愛的（6）

про́бка 陰 壅塞，堵塞，塞車（6）

провести́ 完 проводи́ть 未 ①度過（時間）；②引過，領過（4）

програ́мма 陰 ①節目；②計畫，規劃；③（教學）大綱（5）（6）

продава́ть 未 прода́ть 完 (кого́-что)賣，出售（4）

продаве́ц 陽 ①賣主，販賣人；②售貨員；店員（3）

продолжа́ть 未 продо́лжить 完 (что，接未完成體動詞不定式)繼續，接續（1）

проду́кты 複 產品，結果，食品，材料（2）

прое́кт 陽 設計（圖）；方案（6）

прожива́ть 未 прожи́ть 完 ①(只用完) 生存，活（若干時間）；②(只用完)居住，生活（若干時間）；③что（維持生活）花費（4）

происходи́ть 未 произойти́ 完 發生，進行；起源（於）（6）

пролива́ться 未 проли́ться 完 灑出，流出（6）

проспе́кт 陽 大街，大馬路（3）

про́сто 副 ①簡單；②語 簡直（是），不過是（6）

прохо́жий 陽 ①過路的；②(用作名詞)過路的人（6）

проща́ться 未 прости́ться 完 ①(с кем)同……告別；②原諒（6）

пруд 陽 池塘（1）

психо́лог 陽 心理學家（3）

пульс 陽 脈，脈搏（4）

пусто́й 形 空的；空閒的：空心的（4）

пусты́нный 形 ①荒無人煙的，荒涼的；②僻靜的（4）

путеше́ствие 中 旅行，旅遊（3）

пятизвёздочный 形 五星級的（6）

Р

рад 形 (用作謂語)(кому́-чему́，接動詞原形)對……（感到）高興，對……（感到）滿意（4）

радиа́льный 形 軸向的，徑向的；輻射狀的（6）

ра́диус 陽 半徑（6）

развести́сь 完 разводи́ться 未 離婚（5）

развива́ться 未 разви́ться 完 發展（6）

развлека́тельный 形 供消遣的，供娛樂的（6）

развлека́ться 未 развле́чься 完 解悶，開心，娛樂，消遣（6）

разгово́рчивый 形 愛說話的；好與人攀談的（5）

разраба́тывать 未 разрабо́тать 完 (что)制定（6）

райо́н 陽 地區；區域；區（3）

расстава́ться 未 расста́ться 完 (с кем-чем 或無補語)離別，分手（3）

расти́ 未 ①長，（年齡）增長；②（在某環境中）度過童年；③(不用一、二人稱)增長，增加（5）

реализова́ть 完未 (что)①（使）實現，實施，實行；②銷售，變賣（3）

рева́нш 陽（戰敗後的）報復，復仇（3）

регистри́ровать 未 зарегистри́ровать 完 登記，註冊，記錄，掛號（5）

реда́кция 陰 校閱，校訂，編輯（3）

ре́дкий 形 稀的，稀疏的，罕見的（3）

режиссёр 陽 導演（5）

результа́т 陽 ①結果，成果，效果；②成績（常指運動員的）（4）

рейс 陽 航程，航行（6）

рекла́ма 陰 廣告；海報，招貼；看板（3）

ре́ктор 陽（大學）校長（5）

ремо́нт 陽 修理（3）

рестора́н 陽 飯店，餐廳（2）

речно́й 形 河流的，江河的（6）

реша́ть 未 реши́ть 完 ①決定，拿定主意；②(что)解答出（4）

ро́вно 副 恰好，完全，仿佛（3）

родно́й 形 家鄉的，可愛的（1）

рожде́ние 中 ①誕生，產生；②（過）生日（3）

рождество́ 中 ①(第一個字母大寫) 耶誕節；②耶穌誕生（3）

ро́лик 陽（小）滑輪；小輪；輥子（3）

ро́ликовый 形 滾柱的；滾棒的（3）

ры́жий 形 紅黃色的，棕黃色的（3）

C

сала́т 陽 涼拌菜；冷盤；沙拉（2）

самостоя́тельно 副 獨立地，自主地（3）

сва́дебный 形 結婚的（5）

све́жий 形 新鮮的（2）

свет 陽 光，亮光（2）

свети́ть 未 ①(不用一、二人稱)發光，照耀，照亮；②(кому́-чему́)給……照亮（5）

свида́ние 中 ①會見，會晤；②約會（3）

свобо́дный 形 自由的（3）

своди́ть 未 свести́ 完 (кого́)領著（或扶著）去一趟（2）

связа́ть 完 свя́зывать 未 ①(что)聯結上；②(кого́-что)捆上；③(кого́ с кем-чем)使建立聯繫（5）

сейф 陽 保險櫃，保險箱（6）

секре́т 陽 祕密；祕訣，竅門（4）

секрета́рь 陽 ①祕書；②（會議）記錄員（1）

семна́дцать 數 十七；十七個（3）

семьсо́т 數 七百；七百個（1）

серди́то 副 生氣地（5）

се́рдце 中 心，心臟（4）

середи́на 陰（某地點的）中心，中間，中央，中部（3）

се́ссия 陰 會期，（某一會期中的）會議，（考試）期（3）

сигаре́та 陰 香菸，捲菸（2）

си́мвол 陽 象徵，標誌；符號，記號（6）

симпати́чный 形 令人產生好感的，討人喜歡的（指人）（2）

симфони́ческий 形 交響樂的（5）

симфо́ния 陰 交響樂（1）

ситуа́ция 陰 形勢，局勢，情況；情節（3）

скаме́йка 陰 長凳（5）

скла́дываться 未 сложи́ться 完 ①長成，形成；②堆放；折疊；疊放（5）

ско́рость 陰 速度（5）

скри́пка 陰 小提琴（5）

скро́мный 形 ①謙虛的，謹慎的；②樸素的，樸實的（5）

скульпту́ра 陰 ①雕塑術；② 集 雕刻品，雕塑品（3）

скульпту́рный 形 雕刻品的，雕刻用的（6）

ску́чно 副 (用作無人稱謂語)寂寞，無聊（4）

сла́дкий 形 ①甜的；②(用作名詞) сла́дкое 中 甜食（品）（2）

сле́ва 副 在左邊，從左邊（2）

сле́дующий 形 下一個的（2）

сли́вка 陰 奶油（6）

сли́шком 副 太，過於，過分（6）

слух 陽 聽覺（3）

случа́ться 未 случи́ться 完 (不用一、二人稱)發生（3）

сме́лый 形 勇敢的，大膽的（2）

смея́ться 未 ①笑；②(над кем-чем)譏笑，嘲笑（2）

снима́ть 未 снять 完 取去，拆下，撤銷，取消（2）

сни́мок 陽 照片，相片（5）

снос 陽 拆除，拆掉（6）

соба́ка 陰 犬，狗（2）

со́бственность 陰 財產，所有物（3）

соверше́нно 副 完善地，完美地；極好地（4）

со́весть 陰 良心（6）

сове́т 陽（給別人出的）主意，建議；勸告，忠告（4）

сове́товать 未 посове́товать 完 (кому́，接動詞原形)出主意，建議；勸告（3）

соглаша́ться 未 согласи́ться 完 ①(на что)同意；②(с кем-чем)贊成（3）

сожале́ние 中 ①(о ком-чём) 惋惜，遺憾；②(к кому́-чему́)可憐，憐憫（3）

создава́ть 未 созда́ть 完 ①(кого́-что)創造（出），建立；②(что)製造；造成（3）

сок 陽 汁，汁液，漿液（2）

соко́льник 陽 馴鷹手（6）

солда́т 陽（陸軍的）士兵；戰士（5）

сообща́ть 未 сообщи́ть 完 (кому́ что, о ком-чём)通知，告訴；報導（6）

сосе́д 陽 ①鄰居；②鄰近的人；③鄰國（1）

сосе́дка 陰 女鄰居（座）（4）

состоя́ть 未 (不用一、二人稱)① (из кого́-чего́) 由……組成；②(в чём)在於（6）

сохрани́ться 完 сохраня́ться 未 保持下來（6）

социо́лог 陽 社會學者（5）

социологи́ческий 形 社會學的（5）

сочиня́ть 未 сочини́ть 完 (кого́-что)寫作，著作，想出，杜撰出（1）

сою́з 陽 聯盟，同盟；聯合，結合（4）

специали́ст 陽 專門人才；專家；能手，行家（6）

специа́льный 形 專門（用途）的；特別的，特種的（4）

споко́йный 形 ①平靜的，安靜的；②安詳的（4）

спорти́вный 形 運動的（6）

спра́ва 副 在右邊，從右邊（2）

спра́вочный 形 備查的，參考的，詢問的（6）

сраже́ние 中 戰役，會戰（6）

сре́дство 中 ①方法，方式，手段；②(常用複數)資金（6）

ссо́риться 未 поссо́риться 完 (с кем)爭吵，發生口角（3）

стадио́н 陽（設有固定看臺的）體育場（4）

ста́нция 陰（火車、地鐵）站（6）

стари́нный 形 ①古代的，古老的；②老早就有的，老的（1）

ста́рший 形 ①年長的；②(用作名詞)成年人（3）

стира́ть 未 вы́стирать 完 (что)①拭去，擦掉；②擦傷，磨破（5）

сто́имость 陰 ①價值；②價格（6）

столи́ца 陰 首都（5）

столи́чный 形 首都的（6）

страни́чка 陰（書、文件的）面，頁（1）

стро́гий 形 ①嚴厲的，嚴格的；②嚴密的；精確的；③嚴肅的，嚴謹的（5）

строи́тельство 中 建築業；建築（工程）；施工（6）

стро́йный 形 ①（身材）勻稱挺秀的；②整齊的（5）

стро́чка 陰 橫行，短行（3）

структу́ра 陰 構造，結構，構成（6）

студе́нтка 陰 女大學生（4）

ступе́нька 陰 階梯，臺階（6）

сувени́р 陽 ①（作紀念的）禮物；②（旅遊）紀念品，藝術品（3）

суп 陽 湯（菜）（2）

существова́ть 未 ①生存；有，存在；②(чем或на что)靠……生活，以……維持生活（3）

схе́ма 陰 線路；圖解（5）

сце́на 陰 ①戲臺，舞臺；②（劇中的）一場，一場戲（3）

счёт 陽 ①計算，數目，付款單；②(單數)（比賽的）結果，比分（2）

съёмочный 形 攝影的，攝製的（5）

сыр 陽 乾酪（2）

Т

тала́нт 陽 天才；才能（3）

тала́нтливый 形 天才的，有才能的（1）

та́нец 陽 ①舞，舞蹈；舞曲；②（只用複數）
舞會（5）

танцева́ть 未 (что或無補語)跳舞；會跳舞
（2）

телеведу́щий 陽 電視節目主持人（5）

телеви́дение 中 電視（1）

телевизио́нный 形 電視的（1）

тележурнали́ст 陽 電視臺記者（1）

телепа́т 陽 會讀心術的人，擅長心靈溝通術
的人（4）

телефо́н 陽 電話；電話機（3）

те́ннис 陽 網球（指運動項目）（2）

террито́рия 陰 領土，疆域；區域（6）

те́хника 陰 ①技術；工程學；②技能，技
巧，技藝（3）

техноло́гия 陰 ①工藝學；②工藝（6）

ти́хий 形 輕聲的，低聲的；寧靜的（1）

тома́тный 形 西紅柿（做）的，番茄（做）
的（2）

торгова́ть 未 сторгова́ть 完 (кем-чем, с
кем-чем或無補語)做買賣，經商（6）

торго́вый 形 商業的，商務的，貿易的（4）

торже́ственный 形 ①隆重的，盛大的；慶
祝的；②宏偉（壯麗）的（5）

торт 陽 大蛋糕，奶油點心（2）

то́чно 副 ①精確地，準確地；②(和тако́й、
тот、так連用)完全，恰恰，正好（4）

тради́ция 陰 ①傳統；②風俗，慣例（3）

тра́нспорт 陽 運送；交通工具（6）

тра́нспортный 形 運輸的；輸送的（6）

тренажёр 陽 跑步機（4）

третьяко́вский 形 特列季亞科夫的（6）

трон 陽 寶座；帝位，王位（6）

тру́бка 陰 ①聽筒，耳機，小管子，小
筒；②煙斗（3）

туда́ 副 往那裡，往那邊（1）

тури́зм 陽 旅遊業（5）

тури́ст 陽 旅行者，遊覽者，旅遊者（1）

туристи́ческий 形 旅行的，旅遊的（6）

ты́сяча 陰 ①(用作數詞)千；一千個；②(常
用複數)大量，無數（1）

тяжёлый 形 ①重的，沉重的；②軀體笨重
的（指人、動物）；③笨重的，不靈活的
（2）

У

увели́чивать 未 увели́чить 完 (что)增加，
擴大；放大；提高，加強（5）

уверя́ть 未 уве́рить 完 (кого в чём)使相
信，使確信，使信服（2）

увлека́ться 未 увле́чься 完 (кем-чем)迷戀，
酷愛（3）

уда́р 陽 ①打，擊，碰撞，衝擊；②打擊
聲，碰撞聲（4）

уделя́ть 未 удели́ть 完 分出，分給（6）

удиви́тельно 副 ①令人詫異的，異常
的；②(用作無人稱謂語)（覺得）很奇
怪，很驚奇（2）

удиви́тельный 形 令人詫異的，異常的（1）

удивля́ться 未 удиви́ться 完 覺得奇怪，驚
訝（2）

удо́бство 中 ①便利，方便，舒適；②(常用
複數)（方便的）設備，條件（6）

удово́льствие 中 愉快，高興（5）

у́жас 陽 ①非常害怕；②(常用複數) 慘禍；
慘狀（5）

у́жинать 未 поу́жинать 完 吃晚飯（2）

узнава́ть 未 узна́ть 完 ①(кого-что)認
出；②(кого-что, о ком-чём)得知，知
道；③(кого)認識（1）

ука́з 陽 （國家最高機關的）命令（6）

украи́нский 形 烏克蘭的（1）

украше́ние 中 裝飾品，點綴物，飾物（6）

улы́бка 陰 微笑，笑容（2）

умере́ть 完 умира́ть 未 死，消失（4）

уника́льный 形 獨一無二的，無雙的（3）

усло́вие 中 ①條件；②（契約中約定的）條

款（4）

услы́шать 完 слы́шать 未 (кого-что或無補語)聽到；聽見；聽（2）

успева́ть 未 успе́ть 完 (常接動詞原形或к чему, на что)來得及，趕得上（1）

успе́х 陽 成效，成功，成就，成績（5）

успока́ивать 未 успоко́ить 完 ①(кого-что)使放心，使安靜；②(что)使平息，使緩和（2）

устава́ть 未 уста́ть 完 ①感到疲乏，勞累；②厭倦，厭煩（2）

у́тренний 形 早晨的，清晨的（4）

уча́стник 陽 參加者，參與者（6）

учебно-игрово́й 形 寓教於樂的（6）

учи́лище 中 學校（指某些中等專業學校和高等學校）（3）

Ф

фа́брика 陰 工廠，製造廠（5）

факт 陽 事實；現實，實際情況（4）

факульте́т 陽 ①（大學的）系；②預科班，進修班（1）

фанта́стика 陰 ①幻想物；②不現實的事（2）

фаши́стский 形 法西斯主義的；法西斯分子的（6）

фило́соф 陽 ①哲學家；②思想家，學者（4）

филосо́фский 形 哲學的，哲理的，明哲的（6）

фи́рма 陰 公司（5）

фи́рменный 形 商號的，商行的（6）

фотоателье́ 中 不變 照相館；攝影棚（3）

фотовы́ставка 陰 攝影展覽（會）（1）

фотографи́ровать 未 сфотографи́ровать 完 (кого-что)給……攝影，給……拍照（1）

фотока́мера 陰 攝影機，照相機（5）

фотомоде́ль 陰 平面模特兒（3）

францу́зский 形 法國（人）的（1）

фрукто́вый 形 水果的，果子的；結果的（指樹）（2）

футбо́лка 陰 足球衫（4）

футля́р 陽 套子，匣子，盒子，罩（5）

Х

хара́ктер 陽 性格，性情，脾氣（2）

хвали́ть 未 похвали́ть 完 (кого-что)誇獎，稱讚，讚揚（2）

хвати́ть 完 хвата́ть 未 夠，足夠（2）

хо́бби 中 不變 業餘愛好，嗜好（3）

храм 陽 宮殿，教堂（6）

худо́жественный 形 藝術的；美術的；文藝的（3）

худо́жник 陽 ①藝術家，藝術工作者；②畫家，美術家（1）

худо́й 形 瘦的，乾瘦的（5）

Ц

царь 陽 皇帝，沙皇（1）

целеустремлённый 形 目標明確的（2）

цена́ 陰 價格，價錢（2）

це́рковь 陰 教堂（6）

цирк 陽 ①雜技，馬戲；②雜技團，馬戲團（1）

цифрово́й 形 數位的（5）

Ч

ча́йник 陽 茶壺，水壺（3）

ча́стный 形 ①部分的，局部的；②個人的，私人的；③私有的，私營的（3）

чемпио́нка 陰 （女）冠軍（5）

четвёртый 數 (順序數詞)第四（3）

чёрный 形 黑色的（2）

чи́стый 形 ①乾淨的，清潔的；②純的，清新的（1）

чита́тельница 陰 女讀者，女閱覽者（2）

чуде́сный 形 ①奇異的，神奇的；②絕佳的，極好的（2）

чу́до 中 奇蹟，神奇（6）

чудоде́йственный 形 有神效的，有特效的（4）

чужо́й 形 別人的，外人的（4）

Ш

шампа́нское 中 香檳酒（2）

ша́риковый 形 圓珠的（5）

шахмати́стка 陰（女）象棋手（5）

шокола́дный 形 巧克力的；褐色的，咖啡色的（2）

шо́рты 複 短褲（4）

шпио́н 陽 間諜，奸細；特務（4）

шу́мный 形 嘈雜的，喧鬧的（4）

шути́ть 未 пошути́ть 完 ①説笑話，開玩笑；②(над кем-чем)戲弄，嘲笑（2）

Щ

щит 陽（陳列、展覽用的）托板，架，盤（3）

Э

экза́мен 陽 ①(по чему́)測驗，考試；②(на кого́-что)考試（4）

экипа́ж 陽（輕便）馬車；機組（5）

экологи́ческий 形 生態（學）的，生態保護的（6）

эконо́мика 陰 經濟（2）

экскурсово́д 陽 遊覽嚮導；講解員（5）

экспеди́ция 陰 勘察，考察；探險（1）

эксперимéнт 陽 ①實驗，科學實驗；②嘗試，試驗（4）

экспона́т 陽 陳列品，展（覽）品（3）

электро́нный 形 電子的（6）

энерги́чный 形 精力充沛的；積極的；有毅力的（5）

эскала́тор 陽 自動升降梯（6）

эстра́дный 形 ①（舞）臺的；②文藝演出的（5）

эта́ж 陽 ①（樓房的）層；②（物品擺放的）層（5）

Ю

ювели́рный 形 珠寶的，首飾的（4）

ю́ноша 陽 男青年，青年人，少年（3）

ю́ный 形 ①少年的；②青春的，青年人的（1）

юриди́ческий 形 法律（上）的；司法的；法學的（6）

Я

я́блоко 中 蘋果（5）

я́блочный 形 蘋果（製）的（2）

явля́ться 未 是，產生，發生，成為（5）

я́годы 複 果實，漿果（5）

япо́нский 形 日本（人）的（5）

я́ркий 形 明亮的，晴朗的（4）

專有名詞

Алекса́ндр Лавре́нтьевич Витбе́рг 亞歷山大・拉弗連季耶維奇・維特別爾格（6）

Алекса́ндр Ме́ньшиков 亞歷山大・梅尼希科夫（1）

Алекса́ндр Орло́в 亞歷山大・奧爾洛夫（2）

Алёна 阿廖娜（4）

Амаде́о Модилья́ни 亞美迪歐・莫迪利亞尼（4）

Амстерда́м 阿姆斯特丹（3）

Анастаси́я Вави́лова 阿娜斯塔西婭・瓦維洛娃（5）

Анна Ахма́това 安娜・阿赫瑪托娃（4）

Анто́н Па́влович Че́хов 安東・巴甫洛維奇・契訶夫（1）

Арба́тская 阿爾巴特站（6）

Аргенти́на 阿根廷（5）

Байка́л 貝加爾湖（1）

Белору́ссия 白俄羅斯（6）

Бори́с Анреп 鮑里斯・安列普（4）

Бори́с Серге́евич 鮑里斯・謝爾蓋耶維奇（2）

Вади́м 瓦季姆（1）

Ва́ся 瓦夏（1）

Веро́на 維洛那（1）

國家圖書館出版品預行編目資料

走遍俄羅斯2 / 張海燕編著

-- 初版 -- 臺北市：瑞蘭國際, 2020.11

392面；21 × 29.7公分 --（外語學習系列；85）

ISBN：978-957-9138-98-7（平裝）

1.俄語 2.讀本

806.18   109013305

外語學習系列 85

走遍俄羅斯 ❷ 自學輔導手冊

編著｜張海燕・繁體中文版審訂｜吳佳靜

責任編輯｜潘治婷、王愿琦

校對｜吳佳靜、潘治婷、王愿琦

錄音室｜采漾錄音製作有限公司

封面設計、版型設計、內文排版｜陳如琪

瑞蘭國際出版

董事長｜張暖彗・社長兼總編輯｜王愿琦

編輯部

副總編輯｜葉仲芸・副主編｜潘治婷・文字編輯｜鄧元婷

美術編輯｜陳如琪

業務部

副理｜楊米琪・組長｜林湲洵・專員｜張毓庭

出版社｜瑞蘭國際有限公司・地址｜台北市大安區安和路一段104號7樓之一

電話｜(02)2700-4625・傳真｜(02)2700-4622・訂購專線｜(02)2700-4625

劃撥帳號｜19914152 瑞蘭國際有限公司

瑞蘭國際網路書城｜www.genki-japan.com.tw

法律顧問｜海灣國際法律事務所　呂錦峯律師

總經銷｜聯合發行股份有限公司・電話｜(02)2917-8022、2917-8042

傳真｜(02)2915-6275、2915-7212・印刷｜科億印刷股份有限公司

出版日期｜2020年11月初版1刷・定價｜課本＋自學輔導手冊，兩本合計680元・ISBN｜978-957-9138-98-7

 本書採用環保大豆油墨印製